Hermann Schulz
Auf dem Strom

Zu diesem Buch

Tansania im Osten Afrikas zur Zeit der englischen Kolonialherren: Die Frau des deutschen Missionars Friedrich Ganse stirbt an einem tropischen Fieber, seine Tochter Gertrud ringt mit dem Tod. Fünf Tage rudert Ganse, erschöpft und verängstigt, mit dem kleinen Mädchen auf einem gefährlichen Strom bis zum nächsten Hospital. Nur dort könne man sie retten, haben die Leute im Dorf gesagt – und er soll immer mit ihr reden! Widerstrebend folgt er diesem Rat, und tatsächlich kann er so sein Kind aus dem Koma holen. Er erzählt ihr während der ganzen Reise von seiner eigenen Kindheit, seinem Vater, seinen Wünschen, seinen Träumen. Fünf Tage sind sie allein auf dem Strom, ausgesetzt der Hitze und den tropischen Gewittern, den Gefahren von Krokodilen und reißenden Stromschnellen. Nur die Nächte verbringen sie in den Dörfern, wo immer hilfreiche Hände zur Stelle sind. Fünf Tage, die Vater und Tochter einander so nahe bringen wie nie zuvor. Eine einzigartige Geschichte auch über das sinnliche, spirituelle Afrika.

Hermann Schulz, geboren 1938 in Nkalinzi in Tansania als Sohn eines deutschen Missionars. Er lebt seit 1960 in Wuppertal und leitete von 1967 bis 2001 den Peter Hammer Verlag. Reisen führten ihn in mehr als sechzig Länder, vor allem nach Afrika und Lateinamerika. Er veröffentlichte die Romane »Auf dem Strom«, »Iskender«, für den er 2001 mit dem Kunst- und Kulturpreis für internationale Verständigung ausgezeichnet wurde, und »Sonnennebel« .

Hermann Schulz
Auf dem Strom

Roman

Piper München Zürich

Von Hermann Schulz liegen in der Serie Piper vor:
Auf dem Strom (3005)
Iskender (3134)
Sonnennebel (3685)

Im Text ungekürzte Taschenbuchausgabe
Piper Verlag GmbH, München
1. Auflage Mai 2000
4. Auflage März 2004

Umschlag: Büro Hamburg
Stefanie Oberbeck, Katrin Hoffmann
Abbildung Umschlagvorderseite: Wolf Erlbruch
Satz: Dörlemann Satz, Lemförde
Druck und Bindung: Clausen & Bosse, Leck
Printed in Germany ISBN 3-492-23005-9

www.piper.de

Für Wilhelm und seine Töchter

1. Die Papageien drängten sich in den Schatten der oberen Zweige, denn sie mochten die Sonne nicht. Sie warteten auf den Regen, um ihr Gefieder zu putzen. Manche Äste hatten sie mit ihren Krallen und Schnäbeln, ihrem Kot schlimm zugerichtet. Sie schnarrten und schimpften wie alte betrunkene Männer, auf die niemand hört. Gelangweilt blickten sie auf den Bahnhofsvorplatz von Kigoma, der in der Mittagsglut menschenleer vor sich hin döste.

Wenn die große Hitze einsetzte, packten die Händler ihre Waren auf klappernde Holzkarren und zogen in die Seitenstraßen der Stadt. Nur unter den schattenreichen Bäumen hofften noch einige auf Kunden, zählten die Einnahmen des Tages oder schliefen ein bisschen, ebenso wie die Reisenden, die auf die Ankunft ihres Zuges warteten. Sie lagen auf ihren Gepäckballen und Taschen oder spielten Karten, um sich die Zeit zu vertreiben. Wie viel Zeit bis zur Ankunft des Zuges vergehen würde, wusste niemand genau, denn die Züge fuhren nach keinem Fahrplan, auf den man sich hätte verlassen können. Eine normale afrikanische Stadt in den dreißiger Jahren unseres Jahrhunderts.

Der Tag, an dem die Geschichte anfängt, begann mit strahlender Sonne an einem wolkenlosen Himmel. Schon am frühen Morgen hatten die Engländer die Händler vertrieben und den Platz gesperrt. Sie bereiteten eine Militärparade vor, die sie hin und wieder veranstalteten, wenn der in London erfundene Dienstplan es forderte. Sie wollten den Einwohnern der Stadt zeigen, wer das Land regierte.

Jetzt traten die Soldaten in festlichen Uniformen an, und in einem feierlichen Akt wurde die Flagge des britischen Weltreiches aufgezogen. Der Flaggenmast stand fast auf der Mitte des Platzes. Unmittelbar vor den alten mächtigen Rundbogen des Bahnhofes von Kigoma hatten gut hundert Soldaten Aufstellung genommen. Sie standen bewegungslos stramm, als der Trompeter sein feierliches Signal blies.

In gehörigem Abstand, hinter einer Absperrung, sahen sich die neugierigen Bewohner von Kigoma das Spektakel an. Unter ihnen war kein weißes Gesicht auszumachen und auch kein Tropenhelm, wie er von Europäern und Indern getragen wurde. Den Schwarzen schien die Hitze nicht so viel auszumachen wie den strammstehenden Soldaten, denen der Schweiß in Strömen rann und die Uniformen durchnässte. Die Gesichter der weißen Männer waren auffallend gerötet. Die Afrikaner aber schienen ihren Spaß an dieser Demonstration von Macht und Stärke zu haben. Was sie wirklich dachten, war ihren Gesichtern nicht anzumerken.

Die Menge der Zuschauer war fast unübersehbar und reichte bis in die Straßen hinein, die auf den Platz mündeten. Die Menschen standen dicht an dicht und waren doch in Bewegung, denn jeder suchte eine gute Sicht auf das für sie recht rätselhafte Geschehen vor dem Bahnhof. Die Kinder drängten sich zwischen den Beinen der Erwachsenen hindurch, bis sie die vorderste Reihe erreicht hatten und den guten Platz nur noch gegen ihresgleichen verteidigen mussten. Es war stickig da unten und sie riskierten Fußtritte und

Rempeleien, aber die gute Sicht lohnte alle Unbequemlichkeiten.

Da drängte sich plötzlich jemand durch die Menge. Der Mann, der das so zielstrebig tat, als habe er einen Auftrag auszuführen, trug eine abgewetzte halblange Hose und hatte weder Schuhe noch Hemd an. Geduldig bahnte er sich den Weg nach vorn, freundlich, aber bestimmt um Durchlass bittend. Niemand schenkte ihm besondere Beachtung, denn das Gedränge war allgemein und die wenigsten Männer hatten ein Hemd an. So teilte er die Menge und kam langsam bis an die vordere Reihe der Neugierigen.

Später, bei den polizeilichen Befragungen, erinnerte sich niemand daran, woher er gekommen war, so eindringlich es die Kolonialbeamten auch herauszufinden versuchten.

Der Mann konnte das Geschehen von seinem Platz aus gut überblicken. Der Trompeter hatte sein Signal beendet und die britische Flagge hatte gerade die Spitze des Mastes erreicht. Sie bewegte sich kaum, denn die Luft stand still in der Hitze des Mittags. Ein paar Geier umkreisten träge hoch oben den Platz, so als lauerten sie auf Beute.

Der Soldat, der die Fahne hochgezogen hatte, trat zurück, salutierte und reihte sich in seine Kompanie ein. Der Trompeter setzte sein Instrument an die Lippen und blies ein kleines, munteres Signal. Die Soldaten standen mit unbewegten Gesichtern und warteten auf das Ende der Zeremonie. Sie wollten zurück in die schattige Kaserne und zurück zum Bier.

Was nun folgte, geschah so schnell, dass es nur langsam in das träge Bewusstsein der gelangweilten Soldaten sickerte. Der schwarze Mann aus der vorderen Reihe der Zuschauer rannte über den Platz auf die Fahnenstange zu und kletterte hoch. Er war sehr geschickt, benutzte sicher Hände und Füße und hatte in wenigen Augenblicken die Spitze des gefährlich schwankenden Mastes erreicht. Noch bevor sich Soldaten und Gaffer von der Überraschung erholt hatten, riss er die Flagge aus der Halterung und stopfte sie in seinen Hosenbund. Jetzt schrie der kommandierende Korporal und fuchtelte wild mit seinen Armen. Die Reihen gerieten durcheinander, aus der Menge hörte man erste Pfiffe, Rufe, hohe Triller und Gelächter. Einer der Soldaten versuchte den Mast zu erklimmen, sackte aber nach einem ersten matten Versuch auf den Boden zurück.

Der Schwarze kümmerte sich scheinbar nicht um den Tumult auf der Erde. Er begann den Mast mit seinem Körper in schwingende Bewegung zu versetzen. Immer weiter bog sich die Stange. Die Menge hielt den Atem an, was hatte der Mann vor, wann würde der Mast brechen? Man glaubte, das Sausen der immer schneller schwingenden Stange zu hören, die wie ein elastischer Peitschenstiel war, aber schon bedrohlich ächzte – bis der Mann sich löste und, Hände und Füße vorgestreckt, fast zwei Meter weit durch die Luft flog und in die äußeren Äste eines riesigen Banyanbaumes krachte. Die Papageien schrien entsetzt und flogen auf. Es war noch das Brechen von Zweigen zu hören und schon war der Mann im dichten Blattwerk verschwunden.

Es folgten eine angespannte Stille und Ratlosigkeit. Der Korporal rannte vor seinen Soldaten auf und ab und versuchte sie mit Geschrei wieder in eine ordentliche Reihe zu bringen. Schließlich gab er es auf und befahl die herandrängende Menge zurückzuhalten. Ein paar Soldaten richteten ihre Gewehre auf die Menschen, ein paar Schüsse in die Luft wurden abgegeben, bis wieder so etwas wie Ordnung eintrat.

Der Korporal pflanzte sich nun vor dem dicken Baumstamm auf und schien zu warten, dass der Schwarze herabsteigen würde. Aber im Baum rührte sich nichts. Er schrie englische Befehle in das dichte Laubwerk, aber schon übertönte das Gelächter der Menschen seine Stimme. Sie applaudierten.

Das schien den Korporal auf eine geheimnisvolle Weise zu beruhigen. Er winkte einem Soldaten.

»Holen Sie diesen Affen runter. Wir werden denen mal zeigen, wer hier das Sagen hat.«

Der Soldat machte Anstalten, sich an den herabhängenden Luftwurzeln hochzuhangeln.

»Aber nun lassen Sie doch um Gottes Willen Ihr Gewehr unten«, schrie der Korporal und riss die Flinte an sich. Es trat wieder angespannte Stille ein, man hörte nur das Fluchen des Soldaten und das Brechen von Ästen.

Bei den Schwarzen wurden über den Ausgang des Abenteuers erste Wetten abgeschlossen.

»Wo sind Sie? Sehen Sie ihn?«

Der Soldat antwortete nicht, aber man hörte sein Schnaufen.

»Ich bin fast ganz oben, aber hier ist er nicht«, schrie er schließlich.

»Kommen Sie ja nicht ohne ihn …«

Weiter kam der Korporal nicht, denn unvermutet ließ sich der Schwarze von den unteren Ästen seelenruhig an den Wurzeln herab und stand aufrecht vor dem Befehlshaber. Der versuchte sofort nach dem am Baumstamm abgestellten Gewehr zu greifen. Aber der Schwarze stand im Wege. Er war unentschlossen, rechts oder links an ihm vorbeizuhasten. Der Schwarze schien ihm sogar den Weg freizumachen, was ihn noch mehr verwirrte. Wieder gab es Gelächter und Beifall unter den Zuschauern. Die Soldaten standen in Reih und Glied, als ginge sie das alles nichts an; niemand von ihnen schien auf den Gedanken zu kommen, dem Vorgesetzten aus seiner unangenehmen Lage zu helfen.

»Richtet die Gewehre auf den Mann«, schrie er schließlich. Hundert Gewehre waren plötzlich auf den Befehlshaber und den Schwarzen gerichtet. Der hob die Arme, um sich zu ergeben.

Da hörte man aus dem Baum die Stimme des Soldaten:

»Hier ist er tatsächlich nicht, Sir!« Brausendes Gelächter antwortete aus der Zuschauermenge. Die Menschen schlugen sich vor Vergnügen auf die Schultern und bogen sich schier vor Lachen.

»Verflucht, kommen Sie runter, Sie Esel!«

Der Schwarze wurde abgeführt, die Menge verlief sich. Für die kleine Stadt war es ein Ereignis. Die ungeliebten Kolonialherren wurden auf den Märkten und in den Häusern verhöhnt, während der Korporal einen sehr unfreundlichen Anraunzer seines Vorgesetzen über sich ergehen lassen musste.

Der Mann, der die Flagge des britischen Weltreiches beleidigt und die Ordnung der schönen Parade auf so unglaubliche Weise gestört hatte, landete in einem unkomfortablen Gefängnis. Die Demütigung der Ordnungsmacht aber wurde zum Gesprächsstoff, der von Dorf zu Dorf weitergetragen wurde.

Was immer auch in Kigoma und der Umgebung geschah, gelangte auf geheimnisvolle Weise sehr schnell an den Königshof. Niemand kannte die Zuträger, Spitzel oder Vertrauten. Die bescheidenen, aus Holz und Lehm errichteten Gebäude, die der junge König Usimbi mit seinen Frauen und seiner Dienerschaft bewohnte, lagen vor den Toren der

Stadt. Es verging aber weniger als eine halbe Stunde, da wusste Usimbi schon alle Einzelheiten der Ereignisse.

Er machte sich Sorgen um seinen Untertan und den Frieden im Land. Er saß nachdenklich und allein im Schatten eines großen Laubbaums vor seinem Haupthaus, ließ immer wieder einen Speer durch die Hände gleiten – und traf eine Entscheidung. Er würde einen Freund um Hilfe bitten.

2. Dieser Freund, er hieß Friedrich Ganse und war Missionar, saß wenige Tage später im Dorf Bukindo und starrte in den Regen. An die Fortsetzung der Rückreise nach Bujora war nicht zu denken, denn die Wege waren von starken Regenfällen aufgeweicht und unpassierbar geworden.

Es war richtig gewesen, nach Kigoma zu fahren. Die britischen Kolonialherren hatten einen Schwarzen verhaftet und den König wissen lassen, sie würden ihn hinrichten, denn er habe sich aufständisch verhalten und die Fahne des britischen Weltreiches entehrt.

Usimbi hatte vor den britischen Offizieren versucht das Geschehen als einen unbedachten Streich darzustellen, dem man keine politische Bedeutung beimessen könne. Eine harte Bestrafung würde den Frieden mehr stören, als es angemessen sei. Niemand sei doch wirklich zu Schaden gekommen, das sei zu bedenken.

Die Engländer hatten ärgerlich reagiert. Eine Beleidigung der Fahne sei keine Kleinigkeit, man müsse den Anfängen wehren. Dann hatten sie ihn fortgeschickt. Der König wusste sich keinen Rat und hatte schließlich den Missionar um Hilfe gebeten, denn Friedrich Ganse war ein ruhiger, besonnener Mann, den die Engländer achteten, auch wenn er Deutscher war. Ganse, so wusste man, hielt sich aus den politischen

Diskussionen und Händeln heraus, denen sich die meisten Weißen im Land aus purer Langeweile mit Leidenschaft und Klatschsucht widmeten.

Am frühen Morgen war ein Läufer des Königs Usimbi in der Missionsstation eingetroffen und hatte ihm eine geheimnisvolle Nachricht geschickt. Sie war mit Bleistift in der Handschrift des Königs auf dem königlichen Briefbogen geschrieben. Friedrich würde in einer lebenswichtigen Angelegenheit gebraucht und möge bitte sogleich nach Kigoma aufbrechen. Friedrich hatte auf den Brief gestarrt. Er kannte die ungelenke Handschrift des Königs und seinen Briefbogen, der mit dem Bild einer vornehmen Dame in langem Gewand auf einer Otomane liegend verziert war. Daneben der gedruckte Name: Mwami Usimbi, Kigoma.

Der Brief war offensichtlich in großer Eile geschrieben worden, sein dringlicher Ton ließ vermuten, dass dem König die Angelegenheit wichtig war.

Usimbi rief ihn nie ohne triftige Gründe. Also hatte sich Ganse ohne Zögern, aber unruhig wegen seiner Familie, auf den Weg gemacht. Seiner Frau und seiner kleinen Tochter war es in den letzten Tagen nicht gut gegangen. Sie hatten Fieber oder eine Infektion, vielleicht nur Kleinigkeiten, wie sie in den Tropen häufig vorkommen, aber doch ein Grund, sich Sorgen zu machen.

Der Missionar war von kleiner, untersetzter Statur. Seine Haare waren immer kurz geschnitten, dicht und dunkel. Meist stand ein verlegenes schiefes Lächeln auf seinem bäuerlichen, glatt rasierten Gesicht, und die Bewegungen seiner großen Hände wirkten linkisch. Er war ein frommer Mann, der seinem Beruf mit einer gewissen Verbissenheit nachging. Die Weißen in Kigoma witzelten, selbst der Bischof würde nach Ganses Predigten in sich gehen und Buße tun. Die Leidenschaft, mit der er zu predigen vermochte, stand in einem krassen Gegensatz zu der Bescheidenheit, mit der er auftrat, sei es, dass nur der Glaube in ihm Feuer entfachte, sei es, dass er sein Temperament im Alltagsleben verborgen hielt.

Die ihn gekannt haben, berichten auch davon, dass er ein gerechter Mann und ein besonnener, aber mutiger Jäger war und die Dörfer der Umgebung von Bujora vor den gefährlichen Raubkatzen schützte, die Ziegen rissen und auch Erwachsene und Kinder angriffen.

Als der Missionar mit dem Motorrad Kigoma erreichte, war er, ohne Zeit zu verlieren, zum Hof gegangen, um den König und seine Familie zu begrüßen. Die Wächter öffneten die Sperre der hohen Umfriedung aus geflochtenem Bambus und er schritt über den gefegten Hof in die kühlenden Schatten der Bäume, die weit über das Haupthaus ragten. Über dem Eingang des hohen, hölzernen Gebäudes waren als Schmuck und Hoheitszeichen Leopardenfelle befestigt. Usimbi war in einer Weise aufgeregt, wie ihn Friedrich selten angetroffen hatte. Sorge um den verhafteten Mann war in sein jugendliches Gesicht geschrieben, aber er begrüßte Friedrich mit einem warmen Lächeln. Sie setzten sich auf die geschnitzten Hocker in den Schatten. Der König begann erst zu sprechen, nachdem eine seiner Frauen dem Gast ein Glas mit einem kühlen Getränk gebracht hatte. Das Essen hatte Ganse abgelehnt.

»Die Engländer haben ihn gefragt, was ihm einfiele, ihre Flagge herunterzuholen. Darauf hat der Mann ruhig geantwortet, was ihnen, den Engländern, einfiele, in seinem Land ihre Flagge aufzuziehen. Das haben sie nicht gerade gern gehört, wie du dir denken kannst.«

Er lachte unvermittelt und schlug dem Missionar freundschaftlich auf das Knie.

»Sie haben mir vorgeworfen, ich hätte das Ganze angezettelt, um sie zu provozieren. Das ist natürlich Unsinn.«

»Und was soll ich tun?«, fragte Ganse.

»Sprich mit ihnen. Sie haben große Achtung vor dir. Ich möchte nicht, dass sie den Mann hinrichten. Ich fürchte, uns bleibt wenig Zeit, das zu verhindern.«

»Ist er einer deiner Freunde?«

»Ich kenne ihn nicht.«

Friedrich leerte das Getränk mit einem Zug und stand auf.

»Ich komme zurück, wenn ich mit ihnen habe sprechen können. Ich bin nicht sicher, ob ich dir helfen kann. Aber ich werde alles tun, was in meiner Kraft steht.«

Er hatte mit raschen Schritten den Hof verlassen und war zu Fuß zum Offizierskasino gegangen, das auf einem Hügel oberhalb der Stadt gelegen war. Von hier hatte er einen freien Blick über den Tanganjikasee. Obwohl er den Kopf voller Sorgen hatte, hielt er einen Augenblick lang inne, sah auf die Fischerboote hinab und auf die Vögel, die sich im Wasser spiegelten. Am Ufer standen Silberreiher im Schilf. Im Norden erhoben sich die Berge von Uha, ein blauer Nebel lag über ihren fruchtbaren Feldern. Hier war es schön.

Ein halbes Dutzend Offiziere saßen bei offenen Fenstern um einen Tisch herum und tranken Bier. Friedrich trat ein. Er musste seine Schüchternheit überwinden, die ihm von jeher zu schaffen machte. Sie riefen ihn heran und luden ihn ein etwas mit ihnen zu trinken, aber er lehnte freundlich ab, er sei in Eile, wolle vielleicht noch am gleichen Tag aus Sorge um seine Familie zurück nach Bujora, ob er mit ihnen über den Vorfall vom Vortage sprechen könne. Er brauche für das

Gespräch nur ein paar Minuten, wenn sie so freundlich sein möchten …

»Niemand ist hier in Eile«, sagte der rotgesichtige Leutnant lachend, »wir sind hier in Afrika, guter Mann. Setzen Sie sich nur.«

»Ich bin hier wegen des verhafteten Mannes, der Sie provoziert hat«, begann er, »die Sache mit der Flagge …« Die Männer blickten schweigend und ein wenig betreten auf ihre Gläser. Friedrich Ganse wusste, die Engländer mochten keine Schwierigkeiten mit den Schwarzen, schon gar nicht solche, über die überall geredet würde, vielleicht sogar über die Grenzen des Landes hinaus.

»Man könnte das Ganze als einen Scherz hinstellen, einen unbedachten, dummen Streich«, fuhr er fort, »Sie könnten ihn ermahnen und einfach laufen lassen, das würde einen guten Eindruck machen, denn der Mann hat eine Familie zu versorgen.«

Die Familie hatte Friedrich erfunden, denn am Königshof wusste man nichts über den Mann.

»So sind sie alle, viel zu viele Kinder, wie die Kaninchen«, höhnte einer der Offiziere. Die anderen stimmten mit Gelächter ein und riefen nach Bier. Es schien, als sei das Thema damit erledigt. Aber Friedrich ließ sich so leicht nicht abweisen. Er setzte sich nun doch zu ihnen und redete etwas mühsam weiter, weil die meisten inzwischen dem Bier mehr Aufmerksamkeit schenkten als ihm. Er würde hartnäckig bleiben, das schuldete er sich und dem König. Sollte er Bier mit ihnen trinken? Würde sie das versöhnlicher stimmen?

Während er vorsichtig weiter redete und gleichzeitig überlegte, welche Taktik er einschlagen sollte, unterbrach ihn der Leutnant und blickte ihn aus geröteten Augen an.

»Lassen Sie es gut sein, frommer Mann, ich werde den

Fall prüfen. Sie wissen, wir wollen keinen Ärger. Aber sagen Sie Ihrem schwarzen Fürsten, er soll dafür sorgen, dass seine Leute keinen Unsinn mehr veranstalten. Wir können andere Seiten aufziehen – und ob wir das können! Davon kann er gerne Proben haben, glauben Sie mir.«

Er lachte.

»Vielleicht«, er bewegte nachdenklich seinen großen roten Kopf mit den schütteren rötlichen Haaren, »vielleicht drücken wir diesmal noch ein Auge zu und lassen den Kerl laufen. Ja, wir prüfen das. Versprochen!«

Ganse war nicht beruhigt. Ein Versprechen, den Schwarzen laufenzulassen, war das nicht. Er hatte eher den Eindruck, dass man ihn wie einen lästigen Bittsteller abschütteln wollte. Hatte er etwas falsch gemacht?

»Wie erfahre ich von Ihrer Entscheidung, Sir?«

»Na, Ihr schwarzer Busenfreund wird Ihnen schon einen seiner schnellen Affen nach Bujora schicken.« Gelächter ließ die Biergläser erzittern. »Schneller erreichen wir Sie mit einem Motorboot auch nicht. Wir werden das morgen entscheiden, sagen Sie ihm das.«

Unzufrieden und bedrückt ging Friedrich den Hügel hinab. Über dem See waren dunkle Wolken aufgezogen, aber die Hitze ließ nicht nach.

Er hatte erwartet, man würde ihm den Mann sogleich mitgeben. Aber das hatten sie rundweg abgelehnt. Mehr konnte er jetzt nicht erreichen. Sollte er noch einen Tag lang bleiben und morgen noch einen Versuch machen? Dann würde er einen Tag verlieren, das wollte er nicht.

Im Haus des Königs setzte er sich an einen Tisch und schrieb an den Offizier:

Werter Herr McEwan, *Kigoma, am 12. 08. 1935*
in der Angelegenheit des verhafteten Schwarzen, der sich schuldig gemacht hat, die Flagge des britischen Empire beleidigt zu haben, trage ich erneut meine Bitte vor, den Mann ohne großes Aufsehen auf freien Fuß zu setzen. Dies würde für die als gerecht angesehene britische Verwaltung den allerbesten Eindruck bei den Untergebenen machen, vor allem auf den König, der als besonnener Herrscher bekannt ist. Bedenken Sie auch das Schicksal der Familie, denen der Ernährer fehlen wird. Mir ist bewusst, dass dazu ein Gnadenakt notwendig ist. Ich bin bereit, mich für den Mann zu verbürgen.
Vergessen Sie nicht, dass wir alle von der Gnade dessen leben, der unser aller Schuld auf sich genommen hat. Gott sei mit Ihnen!
Ihr
Friedrich Ganse, Missionar.

Der Brief wurde durch einen Boten des Hofes in das Kasino gebracht. Usimbi lud Friedrich ein, ein paar Tage zu bleiben, vielleicht könne man zur Jagd gehen, aber er lehnte ab:

»Ich danke dir sehr, Mwami, aber ich bin in Sorge um meine Familie. Als ich von Bujora losgefahren bin, ging es meiner Frau und der kleinen Gertrud nicht gut. Vielleicht ist es nichts Schlimmes. Aber ich möchte sie nicht länger als nötig allein lassen.«

»Soll ich dir einen meiner Heiler mitgeben?«, fragte der König mit einem leicht ironischen Lächeln, aber Friedrich schüttelte den Kopf.

Usimbi wusste wohl, wie der Missionar über Zauberer und Heiler dachte und respektierte die Entscheidung.

Das Motorrad stand im Schatten vor dem Hofeingang, bewacht von den Männern des Königs, die das Tor kontrollierten. Usimbi begleitete ihn. Zum Abschied schlugen sie ein paar Mal die Hände gegeneinander, sprachen lachend die freundlichen Formeln, die dabei üblich waren.

Der König hielt ihn noch einmal zurück.

»Nicht schlecht, das mit der Fahne?«

Beide lachten ausgelassen.

Dann startete Friedrich den Motor und fuhr los.

Die Luft in der Stadt war drückend gewesen. Friedrich Ganse war froh über den Fahrtwind, als er die freie Steppe erreichte. Er mochte das flache Buschland mit den Termitenhügeln, den knorrigen Büschen und schattigen Akazien, auf denen die Geier und andere Raubvögel saßen. Hier konnten ihm die Schlangen, die er fürchtete, nichts anhaben.

Die Vögel und die in der Ferne weidenden Antilopen schienen durch das Motorengeräusch nicht beeindruckt und blickten der seltsamen Erscheinung in stoischer Ruhe nach.

Der Missionar fuhr schnell und sicher. Der Weg forderte seine ganze Konzentration, denn er war nicht mehr als ein Trampelpfad. Er fuhr schneller als üblich, weil die Bewegungen am Himmel ihm Sorgen machten. Es würde bald regnen.

Seine Hoffnung, vor dem Wolkenbruch sein Dorf erreichen zu können, schwand. Dann schien sich der Himmel zu öffnen, der Regen setzte ein. Schon nach wenigen Metern war der Mann auf dem Motorrad völlig durchnässt. Er kämpfte sich über glitschige Pfade, was ihm seine ganze Aufmerksamkeit abforderte. Die ausgetrocknete Steppe schien im Regen aufzuatmen. In einigen Tagen wäre hier, wo alles braun und verdorrt war, das Gras grün, die struppigen, verstaubten Büsche würden neue Blätter hervorbringen. Die Bauern würden wieder ihre Felder bestellen können.

Das Fahren auf glitschigem Gras und Lehm wurde zur Qual. Er musste beide Stiefel über den Boden gleiten lassen, um den Rädern Halt zu geben. Immer häufiger versank der Weg im Wasser. Als er Bukindo erreichte, wusste er, dass an eine Weiterfahrt nicht zu denken war.

Zwei Tage und drei Nächte hielt ihn der Regen fest. Er dachte daran, die Zeit zu nutzen, um die Leute des Dorfes zu unterrichten oder sie im Evangelium zu unterweisen, aber der Älteste hatte ihm mit einer strengen Handbewegung klargemacht, es sei nicht die richtige Zeit, über die Götter zu sprechen.

Ganse hatte nicht protestiert. Etwas in seinem Innern sagte ihm, es habe keinen Sinn, den Alten umzustimmen. Vielleicht aber waren auch der Verdruss über die verzögerte Reise und die Sorge um seine Familie stärker als sein missionarisches Pflichtgefühl. So zog er sich in seine Hütte zurück, unzufrieden mit sich selbst. Die anderen Häuser und Hütten sah er im Regen wie hinter einem durchsichtigen Vorhang. Von den mit Palmwedeln gedeckten Dächern flossen breite Wasserströme. Für die Kinder, die darunter spielten, war es wie ein Fest. Sie lachten und balgten, und die zuschauenden Erwachsenen hatten ihre Freude daran. Friedrich aber verfiel mehr und mehr in düstere Stimmung, die Stunden verstrichen quälend langsam. Er bereute kein Buch mitgenommen zu haben. Es würde auch keinen Sinn machen, ohne das Motorrad aufzubrechen, der Weg war weit und nicht ungefährlich für einen Mann ohne Flinte.

So überdachte er immer wieder grübelnd den Vorfall in Kigoma. Er war auf der Seite des Schwarzen, das war klar. Aber warum? Weil Usimbi sein Freund war? Weil er Deutscher war und die Tat des mutigen Schwarzen gegen die

Engländer gerichtet war? Das konnte es allein nicht sein. Sicher waren die Schwarzen auf die Deutschen, die jahrelang hier geherrscht hatten, auch nicht gerade gut zu sprechen. Aber vergangenes Unrecht wurde leichter vergessen oder man erinnerte sich mit schwarzem Humor an diese Zeit. Einmal hatte ihm Usimbi ein verfallendes Gebäude gezeigt:

»Hier wohnte ein deutscher Offizier namens Dreimüller. Er litt unter einer schrecklichen Angst. Er hatte neunundneunzig Schwarze getötet, beim hundertsten würde man ihn vor Gericht stellen. Der Ärmste wagte sich gar nicht mehr vor die Tür ...«

Usimbi hatte ausgelassen gelacht. Friedrich kannte diese Eigenart der Afrikaner, die eigene, oft leidvolle Vergangenheit als komisch anzusehen. Er fühlte sich beschämt und irgendwie verantwortlich für diesen schändlichen deutschen Kolonialoffizier.

Immer wieder blickte er in den dunklen Himmel, als könne er besseres Wetter herbeisehnen, aber es war vergeblich. Der eintönig strömende Regen wurde nur durch krachende Gewitter unterbrochen, die noch stärker peitschende Regenströme mit sich brachten, aber kein Ende der Wolkenbrüche.

Die Leute von Bukindo behandelten den weißen Mann mit dem Motorrad zurückhaltend, aber freundlich. Sie luden ihn nicht ein in ihre Häuser zu kommen und mit ihnen zu reden, aber sie brachten ihm regelmäßig sein Essen, heiße Milch, Fleischstücke, Maniok und Früchte. Wenn er nicht gerade schlief, saß er stundenlang im Eingang seines kleinen, mit Palmzweigen gedeckten Hauses und sah den Kindern zu, die im Gezweig der großen Bäume spielten. Ihre Fröhlichkeit im Spiel vermochte nicht ihn anzustecken und besser zu stimmen.

Bevor er von zu Hause losgefahren war, hatte er seine Frau ermahnt, sich zu schonen, Kräutertee zu trinken und alle Anstrengungen zu vermeiden. Sie sollte nicht vergessen das Haus gut zu verschließen, falls er über Nacht fortbleiben müsse. Er sei ja bald wieder zurück, beruhigte er Eva und sich selbst. In den sechs Jahren hatte es zwar nur zwei Versuche gegeben, nachts in das Haus einzubrechen. Ganse hatte die Einbrecher mit Schüssen in die Luft vertreiben können. Aber die Furcht, es könnte Ähnliches noch einmal passieren, wenn er auf Reisen war, war geblieben.

Eva hatte in der Morgenkühle in der Tür gestanden, als er sich auf den Weg machte. Besorgt hatte er ihr blasses Gesicht und die dunklen Ränder unter den Augen gesehen. Er hatte ihr vom Fieber heißes Gesicht geküsst, bevor er sich auf sein Motorrad schwang und durch das ausgetrocknete Grasland in die Provinzhauptstadt Kigoma fuhr.

Er erinnerte sich an seine ersten Tage im Dorf Bujora. Das lag fast sechs Jahre zurück. Die Schwarzen hatten verwundert herumgestanden, als er mit einem Boot am Ufer angelegt hatte. Er hatte die Leine befestigt und seiner Frau, die ein kleines Kind auf dem Arm trug, an Land geholfen. Er hatte sie in den Schatten eines Baumes geführt und ins hohe Gras gebettet und war zum Ältesten des Dorfes gegangen, um ihm einen Brief Usimbis zu übergeben. Er musste ihn selber vorlesen:

»Dieser Mann, der Friedrich Ganse heißt, erhält von mir die Erlaubnis, auf dem kleinen Hügel am Fluss sein Haus zu errichten. Er steht unter meinem Schutz, man möge ihm helfen, so gut man es kann. Er darf in seinen Angelegenheiten tätig werden.

Mwami Usimbi.«

Der Älteste betrachtete eine Zeit lang ratlos das Papier, wechselte einige Worte mit den Männer, die bei ihm waren, und nickte schließlich.

Ganse hatte ein Zelt aufgestellt und sich noch am gleichen Tag an die Arbeit gemacht, sein Haus zu bauen. Er schleppte, neugierig betrachtet von den Schwarzen, Baumstämme heran, die er selbst gefällt hatte, grub nach Lehm und hob tiefe Löcher für die Eckpfeiler aus. Dieser Mann, das sahen sie, war stark und konnte arbeiten. Er hatte sie nicht um Hilfe gebeten. Als sie schließlich, einer nach dem anderen, mit anfassten und die geschlagenen Bäume heranholten, hatte er sie angelächelt und ermutigt. Später hatte er ihnen unaufgefordert Geld für ihre Hilfe gegeben.

Ihre Sprache, das Kiha, verstand er gut. Dieser Mann, das spürten sie, war in friedlicher Absicht nach Bujora gekommen.

Er starrte in den Regen. Usimbi war der einzige Freund, den er in sieben Jahren in Afrika gewonnen hatte, obwohl ihm natürlich viele Menschen in den schwierigen Zeiten seines Anfangs geholfen hatten. Für sie empfand er Dankbarkeit, Freundschaft war etwas anderes. Den Schwarzen war er ein hilfsbereiter Nachbar, dessen Rat in Konflikten und Nöten willkommen war. Er liebte das Leben auf dem Dorf. Der Gedanke aber, dass seine vielen Predigten, Besuche in den Häusern und Sorgen um die Kranken kaum jemanden bewogen hatte, sich taufen zu lassen, stimmte ihn traurig. Vielleicht war er einfach nur ein schlechter Missionar?

Er hatte sich nie erklären können, warum Usimbi gerade ihn, den ärmlichen und bescheidenen Missionar, für eine Freundschaft ausersehen hatte, gab es doch mächtige Weiße, hohe Militärs, die die Nähe des stolzen jungen Königs suchten. Usimbi aber wollte nur mit Friedrich zur Jagd gehen. Ihn und seine Frau lud er an den Hof und holte seinen Rat ein in den Monaten, als der Missionar in Kigoma auf die Entscheidung seiner Missionsgesellschaft in Deutschland wartete, wohin er denn schließlich gehen sollte, um eine Station aufzubauen. Nach Bujora sollte er, einem Dorf am Fluss, eine halbe Tagesreise mit dem Motorrad von Kigoma entfernt. Usimbi hatte vergeblich versucht, ihn zu bewegen in Kigoma zu bleiben; hier könne er ihm helfen, hier würde genauso ein guter Lehrer gebraucht. Auch Ganse war das Fortgehen nicht leicht gefallen, aber er gehorchte.

Am frühen Morgen des dritten Tages war der Himmel endlich frei. Helle Wolken zogen vorüber, Schwärme weißer Reiher flogen über die Ebene. Ganse befestigte sein kleines Bündel auf dem Motorrad und ging zum Haus des Ältesten.

Der saß auf einer geflochtenen Matte inmitten von Männern aus dem Dorf. Sie nahmen ein Getränk zu sich, das Friedrich nicht kannte, und waren in angeregter Unterhaltung.

»Ich werde abreisen«, sagte Ganse, in der Tür stehend, »und ich danke allen für die Gastfreundschaft. Ohne euch wäre es mir schlimm ergangen. Gott segne euch!«

Der Älteste lächelte:

»Man weiß nie, durch welche Wege des Himmels der Mensch Glück oder Unglück erfährt. Wir haben immer nur einen Weg, einen anderen können wir nicht gehen. Ich wünsche dir Glück. Sei vorsichtig, der Boden ist noch weich, aber die Sonne wird ihn bald festigen, so dass du die Angelegenheiten mit deiner Familie regeln kannst. Achte auf die Schlangen.«

Erst auf dem Weg zu seinem Motorrad fragte sich Friedrich, ob er hier in Bukindo überhaupt von seiner Familie gesprochen hatte. Er war sicher, er hatte sie nicht erwähnt. Aber in Afrika spricht jeder beim Abschied von der Familie des anderen, dachte er und vergaß die Worte des Alten.

In sicherem Abstand sahen Männer, Frauen und Kinder zu, wie er auf den Starter trat, bis nach einigen vergeblichen Versuchen der Motor knatternd ansprang. Er drehte am Gas, schwang sich in den Sattel und rief noch einmal nach hinten gewandt:

»Gott behüte euch«.

Sie redeten wild durcheinander; er hätte ohnehin nichts verstanden, weil der Motor alles übertönte. Die Erwachsenen winkten, die Kinder liefen johlend hinter ihm her, bis ihnen die Kräfte ausgingen und ein Gebüsch ihn ihren Blicken entzog.

Das Fahren war noch schwierig. Zweimal stürzte er in Matsch und Gras, seine Hose und Jacke und ein Teil seines Gesichts waren mit Schlamm bedeckt. Nach zwei Stunden Fahrt kam er in ein Gebiet, wo es offensichtlich nicht geregnet hatte. Der Boden war fest. Aus Freude und Erleichterung sang er ein Lied, so laut, dass er die Geräusche des Motors übertönte. Ein schwarzer Storch folgte eine Weile dem Motorrad, als suche er einen Gefährten. Friedrichs Herz wurde leichter und er vergaß seine Sorgen um den Mann in Kigoma und seine Familie.

Er ahnte nichts, als er in der Ferne auf dem Hügel über dem Dorf das Dach seines Hauses sah. Seine Frau Eva würde am Zaun stehen, neben ihr die Tochter Gertrud. So war es immer, wenn sie in der Ferne die Geräusche des Motors hörten.

3. Es war früher Nachmittag. Das Blechdach seines Hauses blinkte in der Sonne, die große Platane warf ihren Schatten über den Vorhof.

Eva und Gertrud schienen ihn nicht gehört zu haben. Er war versucht, die Hupe zu drücken, unterließ es aber, um die Leute im Dorf nicht zu erschrecken. Er steuerte langsam über den Dorfplatz, wo ihm die Menschen schweigend und ernst nachblickten. Er winkte ihnen, aber heute hoben sie nur leicht eine Hand zum Gruß, ohne jene überschwengliche Freundlichkeit, die er von ihnen kannte. Er achtete nicht darauf, er hatte nur Gedanken für die Heimkehr und das Wiedersehen. So nahm er die letzte Anhöhe und fuhr auf den Hof.

Er stellte den Motor ab, lehnte das Rad an die Wand und ging ins Haus. Die Türe stand offen. Keine Stimme war zu hören, als er seine lehmverkrusteten Stiefel abstreifte. Bei seiner ersten noch unbewussten Ahnung von einem Unglück fuhr ein heftiger Schauer über seine Kopfhaut und drohte ihn zu lähmen. Dann wurde er ganz wach.
Er übersah mit einem Blick die leere Küche. Die Tasse, aus der er vor seiner Abreise getrunken hatte, stand noch auf dem Tisch. Er durchquerte mit wenigen Schritten den Raum und öffnete das Schlafzimmer. Eva lag auf dem Rücken im

Bett, bis zum Kinn zugedeckt. Ihr Gesicht war weiß und wie abweisend zur Wand gerichtet. Sie rührte sich nicht. Der Mann fiel auf die Knie und nahm ihre Hand. Sie war kalt und und feucht und von wächserner Färbung. Aus seiner Brust drang ein qualvoller Ton, der nicht enden wollte und in ein leises Wimmern überging. Er lehnte den Kopf gegen ihre Schulter, griff nach ihren Haaren und stammelte ihren Namen. Aus seinem Wimmern wurde hemmungsloses Weinen.

Aus der Tiefe bahnte sich, unendlich langsam, ein Gedanke den Weg in sein Bewusstsein. Ganse hastete ins Nebenzimmer, wo Gertruds Bett stand. Sie lag auf der Seite und atmete schwer. Das Fenster war geöffnet, sie war zugedeckt, aber sie schien zu zittern, als fröre sie. Auf der Nachtkonsole stand eine Schale, die er nie zuvor hier gesehen hatte, eine Schale, wie sie die Afrikaner benutzten. Sie war leer, auf ihrem Boden klebte der Rest einer weißen Flüssigkeit.

Er legte seine Hand auf die Stirn seiner Tochter. Ihre Haut war trocken und heiß, der Hals leicht geschwollen, ebenso ihre Augenlider. Er beugte sich über den kleinen Körper, um nah an ihrem Gesicht zu sein:

»Gertrud. Gertrud. Kannst du mich verstehen?«, fragte er leise.

Das Kind öffnete die Augen und sagte leise:

»Du bist zurückgekommen!«

Mehr brachte sie nicht über die Lippen. Sie war sehr schwach, der Vater streichelte ihr über das heiße Gesicht.

Hilflos stammelte er: »Oh Gott, was soll ich tun?« Er winselte unzusammenhängende Worte, streichelte über den blonden, von Schweiß verklebten Kopf des Kindes und murmelte fast unhörbar:

»Verflucht!«

Es war, als habe ihn dies Wort zur Besinnung gebracht. Er

ließ von dem Kind ab, ging in die Küche und kramte hilflos in seiner alten ledernen Medikamententasche. Was war das für eine Krankheit, was konnte er dem Mädchen geben, um es zu retten? Er hielt inne, versuchte klare Gedanken zu fassen, weinte aber weiter leise und hilfslos vor sich hin.

Immer noch hockte er hinter dem Küchentisch neben seiner großen Tasche, wehrte sich gegen die innere Lähmung und wusste nicht, was er suchen sollte. Er unterdrückte mühsam die Tränen – als sein Rücken sich versteifte, ehe der Gedanke an Gefahr bis zu seinem Kopf gelangt war. Er fühlte die Gefährdung sekundenlang, bevor er wusste, was es war.

Er war nicht allein im Raum.

Wieder durchrieselte seine Kopfhaut ein heftiges Zittern, wie eine kalte Hand legte sich Angst um sein Herz und versetzte ihn in höchste Anspannung. Das Gewehr, ich brauche das Gewehr, dachte er, bevor er sich langsam und vorsichtig aufrichtete.

In der Tür stand unbeweglich ein großer schwarzer Mann. Er erkannte ihn nicht sogleich, weil der Fremde im Gegenlicht stand. Er war in Leopardenfelle gehüllt und trug einfache Sandalen an den nackten Füßen. Es war der Zauberer und Heiler von Bujora.

»Was willst du?«, fuhr Ganse ihn an.

Der Mann rühte sich kaum, machte nur eine beruhigende Handbewegung und antwortete erst nach langem Schweigen.

»Die Frau ist fortgegangen«, sagte er leise und seine tiefe Stimme klang beschwichtigend, »wir konnten ihr nicht mehr helfen. Das Kind ist ins Dorf gekommen, um mich zu rufen. Aber für die Frau kam jede Hilfe zu spät.«

Schmerz und Wut verzerrten Friedrichs Stimme, als er den Mann anfuhr:

»Was habt ihr mit ihr gemacht? Wer hat euch erlaubt, mit eurem verfluchten Zauber- und Teufelskram hier ins Haus einzudringen?«

Der Schwarze blieb ruhig und ließ die Vorwürfe über sich ergehen, ja, er tat so, als habe er den Sinn der Worte nicht verstanden.

»Sie war schon tot, als ich kam. Da habe ich gesehen, dass es dem Mädchen sehr schlecht geht. Wir haben ihr etwas gegeben, damit das Fieber nicht steigt. Aber wir können ihr hier nicht helfen. Ich rate dir, mit ihr in die Stadt zu fahren, sonst wird sie sterben müssen.«

Er wartete, wie um sich zu vergewissern, ob Friedrich ihn verstanden hatte. Dann fuhr er fort:

»Ich rate dir, das Boot zu nehmen und den Fluss hinunterzufahren. In fünf Tagen kannst du in der Stadt sein. Die Luft auf dem Fluss wird gut für sie sein, sei unbesorgt. Aber du solltest sofort aufbrechen.«

»Eva ist tot«, sagte Ganse. Sein Gesicht war blass. Der hilflose Impuls, den Zauberer anzuschreien, ihm Evas Tod anzulasten, war einem anderen Gedanken gewichen, einem einzigen drängenden und unaufschiebbaren Gedanken:

Du musst das Kind retten!

Der Heiler stand noch in der Tür. Für Friedrich war er immer der Zauberer, der Feind gewesen; der Mann, der den Menschen Seele und Köpfe verhexte und sie in Ängste stürzte, der vorgab mit Kräutern und Tierblut Krankheiten heilen zu können, der Steine und Knochen auf den Boden warf, um daraus die Zukunft zu lesen, der schlimmen Hokuspokus veranstaltete, um seinen Einfluss und seine Macht zu vergrößern. Sie waren mächtig, diese Zauberer, und Feinde der Missionare. So wie die Missionare Feinde der Zauberer waren.

Ganse hatte nicht überhört, dass der Mann ohne feindseligen Ton mit ihm gesprochen hatte. Auch früher hatte er ihn nie behindert, wenn er von Haus zu Haus ging, um mit den Menschen über das Evangelium zu sprechen, wenn er versuchte die Kranken zu heilen, Wunden zu verbinden, Streit zu schlichten oder die Familienväter davon zu überzeugen, dass ihre Kinder zur Schule kommen sollten. Ihre Wege hatten sich selten gekreuzt, aber etwas hatte immer zwischen ihnen gestanden.

Sollte er dem Rat dieses Mannes folgen? Zuerst hatte er wütend ablehnen wollen. Aber was sollte er tun, was war richtig, was falsch? Würde er Gertrud hier retten können, würde sie fünf anstrengende Tage auf dem Fluss überleben? Das Hospital in der Stadt, ein europäisches Hospital: Schon das Wort hörte sich an wie die sichere Rettung.

Er fühlte sich selbst wie ein Kind, dem man sagen muss, was es tun soll. Es war eine Art von Hilflosigkeit, die er nicht kannte. Immer war er der Sichere gewesen, wenn es um die alltäglichen Dinge ging oder um seinen Beruf. Jetzt war das plötzlich anders. Er hatte keine Wahl: Er musste eine Entscheidung treffen.

Der Vorschlag des Schwarzen schien vernünftig zu sein. Er stand immer noch in der Tür, so als warte er auf eine Entscheidung.

»Ich werde das Kind in die Stadt bringen«, Ganse machte einen Schritt auf den Schwarzen zu, »ich fahre los, sobald ich meine Frau beerdigt habe. Sag ein paar Männern und Frauen, dass sie mir helfen, ein Grab auszuheben.«

Der Schwarze hob beide Hände.

»Du musst sofort aufbrechen, du darfst keine Zeit verlieren, Bwana. Wir werden die Frau begraben. Sag mir, wie wir es machen sollen. Wir tun, was du uns sagst, Bwana, aber steige du in das Boot, das ich dir vorbereitet habe, bette das Kind auf die Gräser, die dort liegen, es sind gute Gräser gegen das Fieber! Decke das Kind gut zu und fahre den Fluss hinunter.«

Wieder wollte Friedrich den Mann zurechtweisen, aber der Heiler ließ ihn nicht zu Wort kommen:

»In diesem Bündel«, er wies auf eine dunkle Lederhaut, die vor der Tür lag, »haben wir dir Essen eingepackt, es ist nicht viel. Auf dem Fluss achte auf die Krokodile und Flusspferde, weiche ihnen aus. In der Nacht darfst du nicht auf dem Fluss bleiben, du musst in die Dörfer gehen. Die Menschen werden dir helfen. Überall am Fluss findest du Siedlungen. Du kannst nicht in der Nacht auf dem Fluss bleiben, merke es dir gut. Sonst wirst du die Stadt nicht erreichen. Dort gehe in das europäische Hospital ..., wenn das Kind es dann noch braucht.«

Was wollte er andeuten? Fragen, die Friedrich Ganse sich jetzt nicht stellte, denn er war beschäftigt mit den Entscheidungen, die ihm abverlangt wurden. Er konzentrierte sich auf die Anweisungen, die ihm der Schwarze gab. Er fühlte sich unfähig, selbst nachzudenken, und stopfte nur ein paar Kleidungsstücke des Kindes wahllos in einen Strohkoffer.

Der Schwarze war, von Friedrich unbemerkt, in das Zimmer des Kindes gegangen und trug Gertrud auf seinen Armen vor die Tür. Wie in manchen Träumen hörte Friedrich von fern die Stimmen, wie der Schwarze Gertrud mit ihrem Namen ansprach und das Mädchen leise antwortete. Aber er verstand ihre Worte nicht.

4. Das Boot war drei Meter lang. Sein Holz war von Alter, Regen und Hitze geschwärzt, es war aus einem einzigen Baumstamm gemacht. Am Heck hatte man in einer tiefen Kerbe mit Stricken ein Steuer angebracht, zwei Sitzbänke aus dicken Brettern waren zwischen die Bordwände verkeilt. Es war ein schwerfälliges, dafür aber sicheres Boot, das nicht so leicht kentern konnte. Ganse wusste, dass es schwierig sein würde, es allein zu steuern, wenn er treibenden Baumstämmen oder Flusspferden ausweichen müsste, aber er hatte keine Wahl. Er breitete ein Bettuch auf die weiche Unterlage unter dem kleinen Dach aus Palmzweigen, die am Bug befestigt waren, um Schatten zu spenden. Dann nahm er, im Boot stehend, das Kind aus den Händen des Schwarzen entgegen und bettete es auf das Lager. Das schwarze Holz des Bootes und die Palmzweige ließen ihn an einen Kindersarg denken. Erschreckt wischte Ganse das Bild beiseite. Der Heiler, oder wer immer das Boot vorbereitet hatte, hatte mit guten Gründen an die Sonne gedacht.

Gertrud schien jetzt nicht bei Bewusstsein zu sein, ihre Augen waren geschlossen, die Hände lagen bewegungslos auf ihrer Brust, die sich kaum sichtbar mit ihren Atemzügen bewegte. Der Heiler warf den Lederbeutel ins Boot, reichte Friedrich das Gewehr, die Medikamententasche und ein großes Messer und löste das Tau von den knorrigen Luftwurzeln. Er stand mit beiden Füßen im Morast des Ufers und hielt den Strick um seine Hände geschlungen, der Saum seines Mantels aus Leopardenfell reichte bis ins Wasser.

»Baut eine Kiste aus starkem Holz, so groß, dass sie bequem liegen kann«, sagte Ganse, »nehmt gutes Holz. Auf dem Deckel sollt ihr ein Kreuz anbringen, so gut ihr könnt. Dann verschließt den Sarg und lasst ihn tief, fünf Fuß tief in den Boden. Beerdigt sie hinter dem Haus. Dann bitte ich euch, dass ihr einen kleinen Erdhügel aufschichtet, dort wo sie liegt, und Blumen darauf pflanzt.«

Er dachte daran, sie zu bitten, ein Kreuz aufzurichten, aber er würde ja wiederkommen …

Der Schwarze hatte aufmerksam zugehört, nickte dann und drängte zur Eile. Als Friedrich im hinteren Teil des Bootes saß und die Ruder in die Hand genommen hatte, stieß der Schwarze das Boot vom Ufer ab in die Flussströmung. Friedrich suchte nach Worten, die er dem Mann sagen könnte, aber mehr als einen dankbaren Blick vermochte er nicht zu geben. Auf eine solche Begegnung mit einem Menschen aus Bujora war er nicht vorbereitet.

Als er die Mitte des Flusses erreicht hatte, hob er seine Hand. Die Wassermassen und das schwankende, aber schneller werdende Boot waren es wohl, dass er sich verlassen fühlte. Die Gestalt am Ufer stand im Schatten und er sah nicht, ob sie den Gruß erwiderte. Sie stand noch an der gleichen Stelle, als er einen letzten Blick zurückwarf, er sah nur das fleckige Fell des Leoparden.

»Ich komme wieder«, rief er, aber das gurgelnde Wasser vor dem Boot schluckte seine Worte. Dann entschwand der

Landesteg des Missionshauses im dunklen Grün des Ufers seinem Blick.

Er war nach der Anspannung der letzten, unendlich langen halben Stunde schwach, müde und froh, dass das Boot sich in der Strömung ohne sein Dazutun schnell und sicher fortbewegte. Er bemerkte, dass er noch die lehmverschmierte Kleidung trug. Mit der Hand schöpfte er Wasser und wusch sich Gesicht und Hände. Wie viel Zeit war seit seiner Rückkehr vergangen? Eine Stunde? Eine halbe? Ihm kam es vor wie eine Ewigkeit. Er blickte zum Himmel, eine dunkle Wolkenwand, die schon den Abend ankündigte, zog von Nordwest herauf. Es wäre besser gewesen, noch eine Nacht in Bujora zu bleiben, nur zwei oder drei Stunden lang würde er fahren können, dann käme die Dunkelheit, ganz plötzlich und undurchdringlich.

In einer Hand den Steuerknüppel, blickte er abwechselnd auf den Fluss und auf sein Kind. Es lag bewegungslos, aber der Kopf mit den blonden Haaren schien jetzt mehr seitlich zu liegen, anders als bei der Abfahrt. Sein Mund war leicht geöffnet, aber es war kein Lächeln auf seinem Gesicht.

5. Der Fluss führte hier braunes Wasser. Er hatte in den Bergen Erdreich mitgenommen und trieb es dem Meer zu. Der Strom war breit und ohne plötzliche Biegungen, so dass sich der Mann seinen Gedanken überlassen konnte. Sein Blick sah wie durch einen Schleier die wuchernden grünen Ufer. Die Vögel, die auf den abgestorbenen Ästen saßen, sich laut balgten oder ins Wasser schossen, um zu fischen, nahm er kaum wahr.

Er brauchte eine gute Stunde, bis er sich in diesem Boot sicherer fühlte, bis das Steuer ihm gehorchte und er wusste, wann es gut war, die Ruder zu benutzen oder das Boot treiben zu lassen. In dieser Stunde waren alle anderen Gedanken fortgewischt, es war, als habe es den Tod Evas und die Ereignisse in Kigoma nicht gegeben. Er war ganz auf die ungewohnte Arbeit konzentriert. Er würde das Boot beherrschen müssen, wenn es schwieriger wurde, dachte er. Er kannte den Fluss nicht. Er hatte oft zugesehen, wie die Schwarzen ihre Boote leicht und wie spielend lenkten, wenn sie zum Fischfang hinausfuhren. Er musste etwas von ihrer Sicherheit gewinnen, dachte er, aber er hatte dazu nur wenig Zeit. Es war gut, dass der Fluss hier ruhig und breit dahinströmte und ihm seine Arbeit leicht machte. Der Mann auf der Bank hatte seine Füße auf den Boden gestemmt und ruderte ruhig und mit kraftvollen Schlägen. Der Hut schützte sein Gesicht vor der Sonne. Er hatte ihn auf dem Boden des Bootes gefunden.

Er fuhr in sicherem Abstand zum Ufer, um nicht in Untiefen zu geraten. Oft reichten Zweige der Bäume weit über den Fluss. Es war unmöglich, den Grund des Wassers zu sehen.

Bilder aus der Kindheit zogen unversehens vor ihm auf. Er sah seinen Vater vor dem Bauernhof stehen, auf dem er aufgewachsen war. Sogar der Geruch nach Heu, Tabak und Staub, der von dem schweigsamen Mann ausging, war gegenwärtig.

Ein Vogel, der sich einen kleinen Augenblick lang auf die Bordwand setzte, weckte in ihm eine alte Erinnerung. Er war mit anderen Jungen des Dorfes auf einer entfernten Wiese, sie warfen Steine nach einer Taube, die reglos in einem Baum gesessen hatte. Ihm, Friedrich, war es gelungen, sie genau am Kopf zu treffen. Er hatte das Gefühl gehabt, etwas Schlimmes getan zu haben, als das kleine Wesen vor ihm mit blutigem Kopf im Gras lag. Die blassroten Augen des Vogels zuckten noch ein paar Mal und er wusste, dass der Tod eintrat. Die Freunde bewunderten ihn wegen der Treffsicherheit, die aber nicht mehr als zufällig gewesen war. Er fühlte keinen Stolz, empfand sich nicht als Held. Erst, als einer der Freunde ihn fragte, ob er die Taube seinem Vater bringen dürfe, Taubensuppe sei gut gegen sein Asthma, fühlte er so etwas wie Rechtfertigung.

Er hatte leise, ohne es selbst zu merken und ohne seine Arbeit zu unterbrechen, vor sich hin gesprochen. Es stellte sich kein Hunger ein. Aus der Kalebasse nahm er etwas zu sich, sah auf das schlafende Kind und ruderte weiter, Stunde um Stunde.

Die Sonne begann zu sinken, Abendnebel breitete sich über das Wasser. Ganse schreckte auf und suchte mit den Augen die Ufer ab. Er fuhr jetzt im Schatten der ausladenden Bäume, ließ das Boot treiben, die Augen auf die Büsche gerichtet. Es gab nur noch wenig Helligkeit, als er endlich eine kleine Lichtung ausmachte. Hier lebten Menschen, soviel war sicher. Am Ufer lag ein Boot, in den Büschen hingen Netze, Abfälle von Fischen ließen vermuten, dass an diesem Tag schon jemand da gewesen war.

Er lenkte an das schlammige Ufer, stieg ins Wasser und zog sein Boot ein Stück aufs Land. Dann band er den Bugstrick an einen Baumstumpf.

Gertrud hatte während der Fahrt nicht gesprochen. Sie schien auch jetzt nicht bei Bewusstsein zu sein. Friedrich schob die Medikamententasche in ein Gebüsch, schulterte das Bündel des Heilers und legte das Gewehr bereit, bevor er zum Boot zurückkehrte, vorsichtig das Kind auf seinen linken Arm nahm und an Land stieg. Das Gewehr in seiner Rechten, machte er sich auf den Weg. Er folgte einem Trampelpfad in den Wald hinein. Hier war es noch dunkler als am Fluss und er hatte Mühe, nicht über die vielen Wurzeln zu stolpern. Das Ausschreiten nach den Stunden im Boot bekam ihm gut, er spürte, wie die Anspannungen seines Körpers sich lösten.

Auf dem Dorfplatz brannte ein schwaches Feuer. Die Häuser aus Baumstämmen, Lehm und Stroh duckten sich tief unter die gewaltigen Bäume. Es war ein kleines Dorf mit kaum mehr als zwanzig Häusern. Friedrich blieb am Rande der Lichtung stehen, war aber bald schon umringt von Kindern, Männern und Frauen, die um das Feuer herumgestanden hatten, bis sie den Fremden sahen. Sie redeten auf ihn ein, aber er verstand nichts. Er versuchte in Kiha und

Kisuaheli mit ihnen zu sprechen, dann in Englisch. Es war vergeblich. In seiner Hilflosigkeit sprach er ein paar Worte Deutsch, lehnte dann aber das Gewehr an einen Baumstamm und wies auf das bewegungslose Kind in seinem Arm.

Das wilde Durcheinander von Worten und Rufen wurde leiser, als sich eine Frau ihren Weg durch die Menschenmenge bahnte und vor ihm stehen blieb. Sie schob das Tuch vom Gesicht des Kindes und nahm es dem Mann, ohne ein Wort zu sagen, vom Arm. Als wöge der Körper des Kindes nicht mehr als eine Feder, trug sie es über den Platz und brachte es, immer gefolgt von der Menge, in eines der Häuser. Mit einer strengen Handbewegung schickte sie die Neugierigen fort und schloss hinter sich die Tür.

Ganse war ratlos, aber nicht wirklich beunruhigt, am Feuer stehen geblieben. Er fühlte plötzlich Hunger und Müdigkeit. Ein älterer Mann berührte seinen Arm, um seine Aufmerksamkeit auf sich zu lenken, redete leise auf ihn ein und führte ihn unter das Vordach eines Hauses. Er legte sein Bündel nieder und setzte sich auf einen der Hocker. Der Lehmverputz der Hauswand war schon brüchig, neben ihm standen angekohlte Holzscheite und Speere.

Sollte er dem Kind folgen? Was würden sie mit ihm machen? Er wies mit einer Hand zu dem Haus und blickte den Alten fragend an. Der machte eine beruhigende Geste und murmelte etwas, als wolle er sagen, es ist alles in Ordnung.

Zwei Frauen brachten ihm dampfende Schalen mit gekochtem Gemüse, Wurzeln und heißer Milch. Sie reichten ihm sein Essen mit der rechten Hand, während die Linke den rechten Arm stützte. Sie verbeugten sich tief und mit einem freundlichen, verlegenen Lächeln. Er nahm es dankbar entgegen. Er aß wie jemand, der lange nicht mit anderen Menschen zusammen gegessen hatte, gierig und schnell. Als die

Schalen geleert waren, wurde ihm dies bewusst und ein Gefühl von Scham rührte sich.

Es begann zu regnen, das Feuer verlosch und heller Rauch stieg in die Nacht. Die Abendzikaden lärmten im nahen Wald und in den Strohdächern. Der Alte, der Friedrich beim Essen Gesellschaft geleistet hatte, öffnete die Tür der Hütte. Er machte sich im Innern zu schaffen und wies Ganse schließlich sein Lager an. Der streifte seine Stiefel ab, warf sich auf die weichen Felle und schlief sofort ein.

6. Im Traum sah er ein undeutliches, fernes Bild. Eva und Usimbi standen unter einem Orangenbaum und lächelten ihm zu. Er sah sie, als stünden sie vor dem Horizont, und er bemühte sich, sie zu erreichen, aber sein Motorrad steckte tief im Morast. Er ließ den Motor aufheulen und legte den Gang ein, aber die Räder drehten sich rückwärts und warfen Schlamm und Grasbüschel nach vorn. Nach und nach war seine Kleidung von einer Schlammschicht überzogen, schließlich stand der Motor still. Um neu zu starten, griff er nach dem Schlüssel, der unmittelbar auf der Lampe angebracht war. Der Schlüssel war nicht mehr da. Das Motorrad steckte ohne Räder im Schlamm. Vergeblich versuchte er Umsimbi zur Hilfe zu rufen, doch der schien nichts zu hören und fuhr fort, ihn, neben Eva stehend, anzulächeln. Sprachen sie über ihn? Waren sie jetzt weiter entfernt? Wo war Gertrud? Friedrich überfiel Angst, doch kam kein Ton über seine Lippen. Er konnte das Motorrad nicht allein lassen. Dann setzte Regen ein und das Bild verschwamm in einem nassen Schleier.

Ganse fuhr hoch und wischte sich mit der Hand übers Gesicht. Sein Körper war nass von Schweiß. Wie lange mochte er geschlafen haben? Da sah er den Alten, der schweigend neben seinem Lager hockte und zur Tür wies. Der Himmel wurde hell.

Der Mann sprach ein paar Worte, unterstrich sie mit Gesten seiner Hände. Friedrich war versucht, auch etwas zu sagen, lächelte aber nur gequält und stand auf.

Das Feuer auf dem Platz brannte wieder, Männer und Frauen machten sich mit der Zubereitung von Essen zu schaffen. Sie brieten eine Antilopenkeule. Er sah Kopf, Fell, Hörner und Knochen von Antilopen und Büffeln im Gras. Hühner pickten vorsichtig an den Resten der Tiere. Es roch nach Blut und Feuer. Hinter den Häusern blökte eine Kuh, aber er sah sie nicht. In den Zweigen lärmten die ersten Vögel, graue Raben stolzierten im Gras um das Feuer und den Kadaver herum, um sich ihren Anteil am Essen zu holen.

Friedrich Ganse und der Alte standen jetzt vor der Hütte. Trotz der Geschäftigkeit war der Morgen still und die Luft sanft wie Seide. Vor einer Hütte wusch eine Frau ein kleines Kind, das in einer Schüssel hockte und mit den Händen die Augen vor der Seife schützte.

»Wo ist Gertrud?«, fragte Ganse. So, als hätte ihn irgendjemand verstanden, öffnete sich das gegenüberliegende Haus, und die Frau, die seine Tochter am Abend zu sich genommen hatte, winkte ihm. Er ging hinüber, Gertrud lag auf einem Bett, das aus unbehauenen Stangen zusammengebunden war. Aus Stroh und Tüchern hatte man ihr hier ein Lager bereitet. Sie schien zu schlafen. Ihr Gesicht war gerötet; Friedrich war einen Augenblick lang versunken in das friedliche Bild und nahm kaum wahr, dass die Frau auf ihn einredete, bis sie seinen Arm nahm und auf sein Gewehr zeigte, das an der Wand lehnte. Er hatte es in der Nacht vergessen, einfach am Dorfrand zurückgelassen, als er die Lichtung betrat.

Zwei Frauen brachten Schüsseln mit Speisen und setzten

sie auf der Erde ab, der Alte bedeutete ihm, davon zu nehmen. Dann zeigte er, als Friedrich zu essen begonnen hatte, auf Gertrud, schüttelte heftig den Kopf und zeigte auf ihn. Friedrich war zu hungrig, um sich wirklich zu bemühen, den Alten zu verstehen. Er aß mit den Händen, schöpfte mit der Hand den Brei aus Wurzeln, die er nicht kannte, und biss in das würzige Fleisch, fühlte seinen Hunger und die Anstrengungen des Vortages in seinen Muskeln, spürte, wie die Speise ihn erwärmte und stärkte.

In einer Schale Wasser, die ihm der Alte gereicht hatte, reinigte er seine Hände.

Die Frau machte Handbewegungen zum Fluss hin, er solle aufbrechen, soviel verstand er. Der Alte hatte das Bündel und das Gewehr aufgehoben und ging voran. Friedrich Ganse, der Gertrud auf dem Arm trug, nahm an seinem Kind einen fremden, würzigen Geruch wahr. Es war nicht unangenehm, er vermutete, es sei gewaschen worden. Vielleicht hatten sie ein Bad mit Kräutern bereitet, er hatte keine Möglichkeit, es hier zu erfahren. Die Wortlosigkeit gab ihm ein Gefühl der Hilflosigkeit. Wenigstens danken wollte er diesen Leuten, sie fragen, was mit seinem Kind geschehen war. Aber es war zwecklos, er schluckte die Enttäuschung hinunter.

Nur der Alte kam mit ihm an die Anlegestelle. Die Kinder, die jedes ungewöhnliche Schauspiel und jeden Besucher in Afrika begeistert begleiten, schienen an diesem frühen Morgen noch zu schlafen, denn die Sonne war noch nicht aufgegangen.

Im Boot fühlte er mit der Hand das Lager Gertruds. Es bestand aus frischen duftenden Gräsern und Blättern, die irgendjemand in der Nacht oder am frühen Morgen dorthin gebracht haben musste. Er legte Gertrud auf das Lager und deckte sie zu. Als er das Tuch unter ihr Kinn zog, sah er die

Lederschnur an ihrem Hals. Er zog sie hervor, der getrocknete Fuß eines Hahns war daran befestigt.

Zornesröte stieg ihm ins Gesicht, und er wies, zu dem Alten blickend, auf das Zauberwerk und machte Anstalten, die Schnur abzureißen. Der Mann blieb ruhig, verwies ihn aber mit strengen Gesten und begleitete sie mit einigen Worten, die keinen Zweifel offen ließen: Ganse habe dies zu unterlassen! Dann kam er näher, beugte sich über das weiße Kind und murmelte beruhigende Worte. Er nahm die Hahnenkralle und legte das Zeichen wieder an seinen Platz auf der Brust des Kindes. Er redete eindringlich weiter in immer gleichen Worten, den Kopf schüttelnd, wie um diesem Weißen klarzumachen, dass er keinen Widerspruch dulden würde. Dann richtete er sich auf und zeigte flussaufwärts, zog die Kralle noch einmal hervor, hielt sie Friedrich dicht vor das Gesicht und zeigte eine schmale Kerbe, die irgendjemand mit einem Messer angebracht hatte. Der Mann fuhr mit dem Finger die Kerbe entlang und wies wieder flussaufwärts. Was wollte er sagen? Dass die Kralle bereits in Bujora an den Hals des Kindes gelangt war? Was hatte die Kerbe zu bedeuten?

Ganse hatte sich beruhigt, während der Alte auf ihn einredete und er versuchte einen Sinn in Gesten und Worten zu erkennen.

Was sollte er tun? Sie hatten ihn freundlich aufgenommen, hatten ihm einen Schlafplatz gegeben und genährt, seine Tochter über die Nacht gebracht, sie sogar gewaschen und versorgt. Es wäre unhöflich, wenn er seine Abneigung gegen ihren Zauberkram vor ihren Augen so deutlich demonstrieren würde. Und die Kralle würde niemandem schaden.

Er lächelte schließlich den Alten an, der immer noch sprach, und reichte ihm die Hand.

Das Boot trieb in die Strömung und gewann an Fahrt. Über dem Wasser lag samtener Morgennebel. Friedrich dachte unwillkürlich an die blauen Nebel über den Feldern des Dorfes seiner Heimat, die an den Morgen und den lauen Abenden die Welt verzauberten und die er so geliebt hatte. Das war verloren, dachte er, wie so oft schon, seit er Deutschland verlassen hatte.

Man entscheidet sich manchmal gegen das, was man liebt, dachte er, und weiß nicht, was man dafür bekommt. Man hat keine Wahl. Es ist wie nach einem Sündenfall, man kann die Zeit und das, was geschehen ist, nicht mehr zurückdrehen. Reue macht die Sünde nicht ungeschehen, sondern ist oft wie Salz in einer Wunde.

Der Alte hatte verwundert auf den weißen Mann geblickt, der gedankenverloren und ohne zu rudern auf den Fluss geschaut hatte, so als habe er ihn vergessen. Dann war er gegangen.

Als Ganse aufschreckte und mit den Augen den alten Schwarzen suchte, war der schon im Wald verschwunden.

Bald brach der Tag an, die Sonne stieg in den wolkenlosen Himmel, spielte auf den Wellen. Der Mann im Boot zog seinen Hut tief ins Gesicht und konzentrierte sich auf den Fluss.

Der Strom war hier immer noch ruhig und ohne Stromschnellen. Eine Bucht kam hinter einer hohen Baumgruppe in Sicht. Ganse zog die Ruder ein und ließ das Boot lautlos treiben. Am Ufer standen sieben schwarze Büffel, stampften durch den Morast, senkten die Mäuler in das Wasser. Erschreckt liefen sie ein paar Schritte und blieben mit erhobenen Köpfen stehen. Ganse war so in den Anblick ihrer starken Körper und ihrer dunklen Wildheit versunken, dass er glaubte den strengen Geruch der Tiere wahrzunehmen. Das Bild vertrieb seine vergrübelten Gedanken und sein Gesicht hellte sich auf. Die Büffel würden ihm nicht gefährlich werden können.

Stunden vergingen, der schweigende Mann im Boot saß jetzt mit dem Gesicht flussabwärts und bewegte die Ruderblätter nur leicht, denn die Strömung war stark und er machte gute Fahrt. Er musste nur das Steuer halten und auf den Fluss achten. Es war ein Steuer, das primitiv mit rohen Stricken befestigt war, aber sofort reagierte. Einige Male war er im letzten Augenblick treibenden Baumstämmen ausgewichen, die mit den Augen kaum auszumachen waren, weil die schweren Hölzer tief im Wasser lagen.

Gegen Mittag griff er hinter sich, um aus der Tasche mit Medikamenten seine Bibel zu ziehen. Sie war nicht da. Hektisch kramte er zwischen den Schachteln und Gläschen, aber es war vergeblich. Vielleicht war sie im Gebüsch liegengeblieben, wo seine Medikamententasche in der Nacht gelegen hatte? Hatte er sie in Bujora vergesssen? Ihn durchfuhr ein Schreck, als habe er eine wichtige Pflicht nicht erfüllt. Oder als sei ihm eine Waffe aus der Hand geschlagen worden.

Mit einer Hand rudernd, die andere am Steuer, so beugte er sich im Boot zur Seite, um an das Ufer zu lenken. Er tat dies, ohne sich darüber im Klaren zu sein, dass es unmöglich sein würde, bis zum Dorf zurückzurudern. Er verlor einen Augenblick lang die Balance, das Boot schwankte gefährlich und um das Gleichgewicht wieder zu gewinnen, schwenkte er mit unsicheren Bewegungen das Ruder. Dabei stieß er mit dem Holz gegen einen großen trockenen Ast, der weit über den Fluss ragte.

Das treibende Boot war plötzlich mit unzähligen schwarzen Ameisen übersät, die von den Ästen herabregneten. In wilder Panik fiel der Mann auf die Knie, warf das Ruder von sich und riss Gertrud von ihrem Lager. Gesicht und Körper des regungslosen Kindes waren schwarz von dem wimmelnden Getier. Er fasste sie im Nacken und an ihrem Kleid und ließ sie, im Boot knieend, unter Wasser gleiten. Er blickte auf ihr bleiches Gesicht, sah, wie die Ameisen sich lösten und davontrieben, hob sie an die Luft und ließ sie noch einmal hinab, während er sich Zentimeter für Zentimeter auf den Knien nach hinten bewegte, um mit einem Fuß das Steuer zu erreichen. Brust und Arme, über die Bordwand gelehnt, waren zum Zerreißen angespannt, die Haut an seinen Knien platzte, ohne dass er dies wahrgenommen hätte, das spröde Holz hatte an seinen Ellenbogen lange Wunden gerissen, während seine Hände das Kind hielten.

Ich bringe mein Kind um, ich bringe meine Tochter um, wimmerte er. Es war, als verfluche er sich selbst in seinem einsamen Kampf. Seine Arme und Schultern schmerzten, das rohe Fleisch seiner Knie sah er nicht, spürte aber die Ameisen, die in seine Kleider drangen. Er achtete nicht weiter darauf und auch nicht auf die Krämpfe in seinen Schultern, die ihn zu lähmen drohten – bis sein Fuß endlich das Steuer erreichte und es herumstieß.

Das Boot reagierte sofort. Es trieb auf das Ufer zu und glitt an ein Stück Böschung, die frei war von Büschen. Knorrige Wurzeln bildeten eine kleine trockene Bucht.

Er hatte Glück. Das triefende Kind auf dem Arm, stieg er an Land und bettete es auf Wurzelgeflecht und Gras. Ein schneller Gedanke an Schlangen und Skorpione, aber er musste es riskieren.

Gerade noch konnte er das Boot halten, das abzutreiben drohte, und hastig anbinden. Schon kniete er neben seinem Kind nieder und begann seine Arbeit. Er hatte keine Zeit zu verlieren. Mit Händen, die noch von den Anstrengungen zitterten, entkleidete er Gertrud und untersuchte ihren mageren Körper nach Ameisenbissen. Er fand nur wenige rote Stellen. Dann holte er den Strohkoffer aus dem Boot, reinigte ihn von Ameisen, bevor er ihn öffnete, und zog dem Kind trockene Sachen an. Bis zu den Hüften im Wasser stehend, reinigte er notdürftig die Kleidungsstücke und breitete sie auf dem nahen Buschwerk aus. Halb nackt wusch er die Ameisen aus seinen Haaren und machte sich an die Reinigung des Bootes. Er brach Zweige aus dem Gebüsch, tauchte sie ins Wasser und fegte das Gewimmel über Bord. Die Arbeit schien kein Ende zu nehmen, immer wieder tauchten kleine Kolonnen der schwarzen Tiere aus irgendwelchen Ecken und Ritzen auf.

Es mochte eine gute Stunde vergangen sein, bis sich auf dem Boot nichts mehr rührte. Er schleppte sich die Böschung empor, zog seine Hose aus und hängte sie zum Trocknen ins Gebüsch. Dies war ein guter Platz, befand er, und ließ sich erschöpft neben seiner Tochter nieder. Zum ersten Mal öffnete er den Lederbeutel. Er enthielt Speisen und eine Kürbisflasche. Er probierte, es war ein Fruchtgetränk, das überraschend kühl war und gut schmeckte. Er fand Trockenfleisch und gekochte Jukawurzeln, biss ein Stückchen von beidem ab und aß. Das Fleisch war salzig, so dass er versucht war, es auszuspucken. Nach wenigen Bissen jedoch verbreitete sich in seinem Mund ein wunderbar-würziger Fleischgeschmack und erst jetzt spürte er, wie hungrig er war. Kauend, ein Stück Fleisch in der Hand, blickte er auf Gertrud. Sie hatte die Augen geöffnet. Er beugte sich über sie, aber sie schien ihn nicht wirklich wahrzunehmen, auch wenn sie ihn ansah. Ihre Gesichtsfarbe war frisch wie am Morgen.

»Gertrud?«

Sie schien ihn nicht zu hören.

Er beugte sich wieder über sie, hob ihren Kopf und führte die Flasche an ihren Mund. Sie reagierte, hustete einmal, trank etwas von der Flüssigkeit und fiel in ihren Schlaf zurück. Aber sie hatte ihre Hand bewegt, und er nahm das als ein gutes Zeichen.

Beruhigt untersuchte er seine eigenen Verletzungen. Die Haut auf seinen Knien war eingerissen und regelrecht heruntergeklappt. Er zog sie vorsichtig wieder an ihre Stelle zurück, schüttete Jod in die Wundränder und verklebte sie mit Pflaster aus seiner Tasche. Mit einem dicken Verband würde er das Boot nicht lenken können, dachte er. So würde die Wunde heilen und sich vielleicht nicht entzünden... Wenn ich Glück habe, dachte er, wohl wissend, wie leicht sich Verletzungen in tropischen Ländern lebensgefährlich entzünden können.

Dann fiel er in einen leichten Schlaf, der eine halbe Stunde gedauert haben mochte, als ihn ein fernes Donnern am Himmel weckte.

Gertrud hatte die Augen geöffnet, aber er war wieder nicht sicher, ob sie ihn wahrnahm. Auf seine leisen fragenden Worte, als er sie ins Boot trug, reagierte sie nicht.

Der Fluss war hier schneller geworden. Friedrich Ganse hatte alle Hände voll zu tun, das Boot auf Kurs zu halten. Gefährlich waren Baumstämme und treibende Pflanzeninseln. Am Nachmittag hatte Gertrud ein Stück von der gekochten Jukkawurzel gegessen. Dies winzige Zeichen von Genesung hatte Friedrich so heiter gestimmt, dass er laut ein Lied anstimmte. Die erschreckten Vögel erhoben sich schreiend von den Ästen und aus den Büschen am Fluss, um sich aber sogleich wieder niederzulassen und dem seltsamen Boot mit dem unrasierten, singenden Mann verwundert nachzusehen.

Das Gewitter kam nicht näher, aber das ferne Grollen war immer noch zu hören. Der Wohlgeschmack des gekauten Trockenfleisches brachte Ganse auf den Gedanken, ein bisschen davon seiner Tochter in den Mund zu geben. Gertrud reagierte sogleich und begann zu essen. Das würde ihr mehr Kraft geben als die Jukkawurzeln, dachte er und fütterte sie weiter mit dem vorgekauten Fleisch, bis sie genug zu haben schien und den Kopf zur Seite legte.

Endlose Stunden auf dem Fluss. Das lautlose Boot mit dem schweigenden Mann. Die weite Wasserfläche vor ihnen ließ ihn Zeit und Ort vergessen.

Ein Bootssteg kam in Sicht und erinnerte ihn daran, dass der Abend bevorstand. Das Durcheinander von Stöcken und Brettern, mit Hanfstricken zusammengebunden, machte keinen zuverlässigen Eindruck. Als Ganse aber an das Ufer lenkte und seine Füße auf die Vorrichtung setzte, erwies sich die Konstruktion als erstaunlich stabil. Das Dickicht schien undurchdringlich, aber hier mussten Menschen leben. Fischerdörfer waren in Afrika selten direkt am Fluss gebaut.

Als er den Strick festgeknotet hatte und seinen Körper reckte, spürte er in allen Gliedern die Strapazen. Seine Handflächen waren wund vom Ruderholz. Aber er achtete jetzt nicht auf die Schmerzen, brachte Gertrud an Land, schulterte sein Gewehr und machte sich auf den Weg.

Er musste nicht lange suchen. Der Pfad, der zum Dorf führte, war ausgetreten, schon bald hörte er menschlichen Lärm.

Gertrud, den Kopf an seiner Schulter, schien zu schlafen. Sie wurde ihm schwer. Wie würden ihn die Menschen hier aufnehmen? Unentschlossen, aber auch aus Vorsicht, stand er abwartend im Schatten einer Akazie am Rand des Platzes, wo er kleine Feuer und Hütten ausmachte. Sollte er besser zurückkehren und die Nacht im Boot verbringen? Fleisch und Jukka würden noch einen Tag lang reichen.

Aber er war zu müde, um umzukehren. Als er spürte, dass Gertrud sich bewegte, ging er mit großen Schritten auf das Feuer und die Menschen zu.

7. Die Männer hatten ihre Speere vor sich in den Boden gesteckt. Es war, als hätten sie Palisaden aufgestellt. Sie saßen auf Matten und Holzschemeln, redeten und lachten und nur zwei von ihnen erhoben sich, als der Fremde mit dem seltsamen Bündel auf dem Arm in den Schein des Feuers trat. Die beiden redeten auf ihn ein. Als keine Antworten kamen und sie merkten, dass sie nicht verstanden wurden, begann ein wildes Durcheinander der Stimmen. Männer sprangen auf, Frauen traten in den Kreis um den Fremden. Ihr Interesse galt offensichtlich dem Kind, denn immer wieder wiesen sie auf das Bündel, fassten Hand oder Fuß an und redeten, als könnten sie das Verstehen des Fremden herbeizwingen. Als einer der Männer Anstalten machte, Friedrich das Kind vom Arm zu nehmen, trat er einen Schritt zurück. Nein, er würde das Kind nicht noch einmal eine Nacht lang allein lassen.

Die Männer schienen zu beraten. Sie wandten sich um und schwiegen mit einer gewissen Ehrerbietung, als ein noch junger, schlanker, ernst blickender Mann auf sie zutrat.

Der junge Mann, ein Chief oder König, denn er trug ein Leopardenfell um die Schultern als Hoheitszeichen, sprach mit leiser, sanfter Stimme. Friedrich versuchte sich mit Englisch verständlich zu machen. Er war nicht sicher, ob er verstanden wurde, denn der Mann nahm seinen Arm und führte ihn zu einem Rundhaus. Es war aus Stroh, Stangen und Grasgeflecht gebaut und wirkte stabil, groß und geräumig. Im Innern lagen Grasmatten auf dem Boden und auf flachen Bettgestellen. Ein kleines Feuer verströmte einen angenehmen Duft, so als hätten hier Räucherkerzen gebrannt. Am Gestänge des Daches brannte eine Petroleumlampe und verbreitete ein warmes Licht.

Der Schwarze bedeutete Friedrich mit einer freundlichen Handbewegung, sein Kind auf eines der Betten zu legen. Friedrich versorgte Gertrud, vor dem Bett hockend, so gut er konnte. Er machte sich Sorge um den Fortgang der Dinge, auch irritierte ihn, dass sich bisher keine Frauen um Gertrud gekümmert hatten. Instinktiv würde er ihnen mehr vertrauen.

Er wandte sich dem jungen König zu und sah, dass dieser auf Gertrud wies. Sie hatte die Augen geöffnet – und lächelte dem Schwarzen und ihrem Vater zu, als wollte sie etwas sagen. Sie atmete schwer und schien erschöpft zu sein. Dunkle Schatten lagen unter ihren Augen.

Als Friedrich sich umwandte, stellte er fest, dass der König sie allein gelassen hatte. Da beschloss er, komme was wolle, in dieser Nacht das Haus und sein Kind nicht zu verlassen.

Er öffnete den Lederbeutel und wollte damit beginnen, die noch verbliebenen getrockneten Fleischstücke zu kauen. Gertrud musste vor Hunger entkräftet sein.

In dem Augenblick kam der König mit zwei jungen Frauen zurück. Ohne sich um den Vater und seinen schwachen Protest zu kümmern, beugten sie sich über das Kind und zogen die Lederschnur mit der Hahnenkralle hervor. Sie betrachteten sie von allen Seiten und schienen zu beraten.

Der Raum füllte sich mit Frauen, es wurde sehr lebhaft. Sie

brachten eine flache Steinplatte, legten sie auf drei Steine, und entzündeten darunter ein Feuer. Auf die Steinplatte zerbröselten sie Kräuter, schütteten Wasser darüber und warfen weitere Kräuter auf die heißer werdende Fläche, von der nun ein starker Duft ausging.

Friedrich saß auf dem Boden, er wurde ungeduldig und versuchte mit Gesten deutlich zu machen, dass das Kind hungrig sei. Vielleicht hatten sie ihn nicht verstanden, denn sie schnitten ihm mit heftigen Handbewegungen das Wort ab.

Auf der Steinplatte, wo sie Wurzeln und gestoßene Hölzer mit den Kräutern vermischten, entstand jetzt ein hellbrauner Brei. Eine der jungen Frauen mischte mit großer Vorsicht wenige Prisen eines gelben Mehls darunter, und dann, als habe sie es eilig, strich sie mit einem Holzlöffel den Brei in eine Schale, setzte sich neben Gertrud und begann sie zu füttern. Sie redete ohne Unterlass auf das Kind ein, so als würde sie verstanden werden. Sie hielt Gertruds Kopf auf ihrem Schoß und tat dies mit einer Selbstverständlichkeit, als sei es ihr eigenes Kind. Gertrud aß mit Genuss und schien sich wohl zu fühlen. Ihre Augen hielt sie dabei geöffnet. Als sie hustete, gab ihr die Frau ein Milchgetränk, redete weiter und lachte und fütterte sie, bis das seltsame Gericht von der Steinplatte aufgegessen war.

Sie ließ den Kopf des Kindes auf das Lager zurücksinken. Ohne auf Friedrich zu achten, nahm sie aus einem runden Holzgefäß eine fettige Masse, tat etwas davon auf ihren Zeigefinger und strich es auf Gertruds Stirn. Auf der Stirn färbte sich der Stoff dunkelblau, zwei fingerbreite waagerechte Striche wurden deutlich sichtbar. Die Frau sah es mit Genugtuung.

Damit schien das Kind versorgt zu sein. Jetzt wandten sie

sich dem Mann zu, der die ganze Zeit ratlos auf dem Boden gehockt hatte.

Vom Dorfplatz brachten sie ihm Affenfleisch und gekochtes Gemüse auf Bananenblättern. Friedrich aß gierig. Er benutzte seine Finger, leckte sie genussvoll ab, um sie immer wieder in den Gemüsebrei zu tauchen. Auf seinem bärtigen Gesicht glänzte das Fett. Er nahm nicht wahr, dass die Frauen ihm mit staunenden und erheiterten Gesichtern zusahen.

Als zwei Frauen sich anschickten, Gertrud mitzunehmen, wollte er protestieren, aber sie wiesen durch die geöffnete Tür auf einen dampfenden Holzbottich. Weiterkauend sah er zu, wie sie Gertrud auszogen und mit großen Schwämmen und vielen Kräutern wuschen, angewärmte Gräser auf ihren Leib legten und sie in weiche Tücher wickelten. Das Licht des Raums fiel durch die Tür auf die seltsame Szene, die ihn ein bisschen an eine geheimnisvolle heilige Handlung erinnerte. Dann brachten sie sie wieder herein und betteten sie auf das Lager.

Wieder bestrich eine der Frauen ihre Stirn mit der Fettmasse und wieder zeigten sich zwei tiefblaue waagerechte Streifen, die wie ein Stirnband aussahen. Jetzt kamen immer mehr Frauen in den Raum und umstanden Gertruds Lager.

Nachdem Ganse seine große Portion Essen zu sich genommen hatte, spürte er den Schmerz seiner Knie und eine überwältigende Müdigkeit. Er beschloss auszuruhen. Hände und Gesicht wusch er im Bottich vor der Tür und legte sich neben Gertrud, die wieder eingeschlafen zu sein schien. Die Frauen verließen den Raum, so als wollten sie den fremden Gästen die Ruhe gönnen. Vor dem Gehen streute eine der Frauen ein Pulver auf die noch heiße Steinplatte, von der sogleich ein starker, aber angenehmer Geruch aufstieg. Ganse war versucht aufzuspringen, aber eine ihm unbekannte Art von Betäubung überfiel ihn, er war unfähig, auf die Beine zu kommen. Er fiel auf seine Matte zurück und bald darauf in einen tiefen Schlaf.

Mit dem Schlaf fielen Panik und Angst von ihm ab. Sein letzter Gedanke war, dass er das Gewehr im Boot hatte liegen lassen.

8. Draußen dämmerte es. In der Nacht hatte sich ein Gewitter entladen, die nassen Gräser und Büsche vor dem Gebäude glänzten matt-silbrig im ersten fahlen Tageslicht. Vom Dach tropfte es. Friedrich Ganse blieb einen Augenblick nach dem Erwachen wie benommen liegen. Dann erst drang in seine Erinnerung, was am Abend zuvor geschehen war, wie er versucht hatte dem scharfen Geruch zu entkommen. Er war völlig klar im Kopf, also hatte ihm die Hexerei der Schwarzen nicht geschadet. Und Gertrud? Er blickte zu ihrem Lager. Es war leer, Töpfe und Kübel weggeschafft, es hatte schon jemand aufgeräumt.

Er wunderte sich, dass er wegen Gertruds Abwesenheit nicht wirklich in Sorge war. Noch immer lag er auf seinem Lager, als sich das Zimmer verdunkelte und der junge Chief in der Türe erschien.

Friedrich erhob sich, grüßte ihn und trat zu ihm vor das Haus. Die Feuer vom Vorabend qualmten noch vor sich hin, die Sonne stand noch nicht sehr hoch, aber es war schon warm und Friedrich wusste, dass es ein sehr heißer Tag werden würde.

»Wo ist meine Tochter?« Friedrich nahm den Arm des Mannes, der ihn verstanden zu haben schien, denn er wies auf ein Haus, das aus Lehm und Steinen gebaut war. Sie hörten, als sie sich näherten, die Stimmen von mehreren Frauen. Sie hatten Gertrud gewaschen, ihr Haar war nass und im Nacken zusammengebunden. Ihre Wangen sahen nicht mehr so blass aus wie am Vortag. Sie war wach, eine der Frauen saß an ihrem Lager und fütterte sie mit gekochtem Gemüse und gab ihr zu trinken. Friedrich hockte sich nieder und ein Glücksgefühl überkam ihn, als Gertrud ihn ansah und ihm zulächelte.

Auf dem Platz gab es Unruhe. Männer und Frauen riefen und sprachen durcheinander und schienen jemanden zu begrüßen. Der Häuptling fasste Friedrich am Arm und zog ihn vor das Haus.

Da stand unter den Dorfbewohnern und Kindern ein junger Mann im weißen Oberhemd und einer hellen europäischen Hose. Offensichtlich war es der Ankömmling, der die ganze Aufregung verursacht hatte. Er stellte sich vor, sein Name sei Alexander und man habe ihn kommen lassen, weil er ein paar Worte Englisch verstünde und mit ihm, Friedrich, reden solle. Er würde übersetzen, so gut er könne, was der Chief ihm auftrage.

Sein Englisch bestand nur aus wenigen Brocken, aber Ganse war glücklich über jede Nachricht, die er verstand.

Zusammen mit dem Häuptling kehrten sie in jenes Haus zurück, in dem Ganse und Gertrud die Nacht verbracht hatten.

Der Chief sprach lange und ausführlich. Er sah Ganse dabei aufmerksam an und unterstrich jeden Satz mit eindringlichen Handbewegungen. Die Übersetzung bestand aus wenigen unbeholfenen Vokabeln in englischer Sprache und Ganse musste versuchen sich einen Reim aus den Wortfetzen zu machen.

Ob noch die Deutschen oder schon die Engländer das Land regierten. Ganse war überrascht.

»Die Engländer«, sagte er, »die Deutschen haben den Krieg verloren, sie sind schon lange nicht mehr hier.« Damit schien das Thema erledigt zu sein. Der Chief fuhr fort.

Seine Tochter sei sehr krank, hörte er, man hatte hier für sie getan, was man konnte. Er solle bald sein Boot wieder besteigen und weiterfahren. Sie müsse ins Hospital in der Stadt, man habe ihr eine Nachricht für alle mitgegeben, die er unterwegs antreffen würde – dann etwas, was Ganse nicht verstand –, er solle dem Kind alle zwei Stunden von dem Getränk geben, das man vorbereitet habe, im nächsten Dorf würde man ihm weiterhelfen, er solle viel mit dem Kind sprechen – auch das verstand Ganse nicht. Als er versuchte in Englisch zurückzufragen, begriff Alexander nicht und lächelte verlegen vor sich hin.

Dann schien das Gespräch beendet zu sein, denn der Chief erhob sich. Vom gegenüberliegenden Gebäude brachten die Frauen Gertrud über den Dorfplatz und legten sie in die Arme ihres Vaters.

Sie lächelte ihn an.

»Hat man dir zu essen gegeben«, fragte er.

Sie nickte.

»Wir fahren jetzt weiter. Noch zwei Tage, dann sind wir im Hospital, dann ist alles gut.« Er hätte gern mehr mit ihr gesprochen, aber sie war schon wieder eingeschlafen.

Das Boot war für die Abfahrt vorbereitet. Auf dem Boden lagen zwei Bündel, gefüllt mit Fleisch, gekochten Wurzeln, Orangen und Kürbisgefäßen mit den Getränken. Gertruds Lager war mit frischen Pflanzen aufgeschüttet, die stark nach Minze rochen, und auch die Palmzweige als Schutz gegen die Sonne, die bereits verdorrt waren, hatte man erneuert. Auf dem Sitz des Bootes lag das Gewehr. Friedrich nahm alles mit einem Blick wahr. Als Gertrud an ihrem Platz lag, setzte er sich auf die Ruderbank. Alexander konnte er unter den Menschen nicht mehr ausmachen, so blieb ihm nichts anderes, als dem Häuptling und den Frauen, die sie an den Fluss begleitet hatten, dankbar zuzuwinken. Die Frauen durchbrachen das Schweigen mit hohen Trillern und winkten mit Händen und Tüchern, von einem Augenblick zum anderen war hier eine festliche fröhliche Stimmung, die auch den sorgenvollen Vater ansteckte. Lächelnd und winkend lenkte er das Boot in die Mitte des Flusses.

Es würde ein heißer Tag werden. Die Sonne stand jetzt hoch. Friedrich drückte seinen alten Hut ins Gesicht und nahm Steuer und Ruder in die Hand. Das Boot gewann an Fahrt. Aus dem gegenüberliegenden Gebüsch brachen Wasservögel auf und mit ihnen eine Gazelle, die in langen Sprüngen im Wald verschwand. Friedrich ließ seinen Blick nicht von den Ufern, um Krokodile und Flusspferde früh zu bemerken. Das lenkte ihn von seinen düsteren Gedanken ab, die ihn zu überfallen drohten, als er wieder allein auf dem Fluss war.

9. Ohne die Augen zu öffnen, spürte Gertrud Licht und Wärme auf ihrem Gesicht. Sie versuchte sich an einen Traum zu erinnern. Sie war weit fort gewesen, Bilder von einer dunkelgrünen Landschaft waren da und eine Melodie, die sie begleitet hatte. Es gelang ihr nicht, sich an das Traumgeschehen zu erinnern, aber die Melodie klang in ihr weiter. Gertrud spürte die Nähe ihres Vaters. Er saß jetzt wieder auf der Ruderbank und hatte zu sprechen begonnen. Sie hörte zuerst nur ein leises, dann stärker werdendes Rauschen und strengte sich an zu verstehen, was dahinter noch war und immer stärker wurde. Es waren Worte, Worte, die sich immer deutlicher formten und die sie verstehen wollte. Aus Furcht, sie zu vertreiben, ließ sie die Augen geschlossen und lauschte angestrengt.

»... schickte er den Hund den Kühen hinterher. Lauf, hol sie zurück, rief er und der Hund tat, was mein Vater ihm sagte. Er rannte um die kleine Herde herum, es waren ja nicht mehr als zehn Kühe, musst du wissen, und die meisten von ihnen machten niemals Zicken, liefen nie in die Felder, um Rüben oder Lupinen zu fressen. Aber ein paar von ihnen versuchten es, und der Hund, er hieß übrigens Wasser, holte sie zurück, biss sie, wenn es nicht anders ging, in die Beine, und dann hättest du mal sehen sollen, wie sie die Schwänze in die Luft warfen und schnell wieder bei den anderen waren. – Wasser … Komischer Name für einen Hund, nicht? Aber alle unsere Hunde, solange ich denken kann, hießen Wasser, und wir dachten uns nichts dabei.«

Ganse schwieg einen Moment, ließ seine wunden Arme im Wasser treiben und knotete ein Stück seines zerrissenen Oberhemdes um die Schürfwunde, damit ihn die Fliegen nicht belästigten. Er griff wieder zu den Rudern. Das Boot war schnell, der Fluss war gut zu übersehen.

»Nun also waren wir die Sorge los, Wasser hatte die Herde unter Kontrolle, so was konnte kein Hund besser als er. Ich dachte natürlich, so, jetzt geht er wieder weg und ich bin allein mit den Kühen und Wasser. Er hat ja viel Arbeit auf dem Hof, dachte ich, und immer wenig Zeit für mich. Aber nixda«, Friedrich Ganse lachte, »nixda, diesmal blieb er. Und weißt du, was wir den ganzen Nachmittag gemacht haben? Auch das kannst du niemals erraten, kleine Tochter, das rätst du nicht … Wir hatten eine Birke am Wiesenrand, rundherum stand viel Birkengebüsch. Wenn ich allein war, dann saß ich neben dieser Birke und träumte, irgendwas, was ich später machen würde, wen ich alles aus Gefangenschaften befreien würde, wie man mir dafür dankbar sein würde und dass ich ein Held wäre. Was Kinder so träumen …«

Er machte eine Pause, strich sich über die Stirn, als wolle er der Erinnerung nachhelfen.

»Diesmal nahm mich mein Vater bei der Hand und fragte mich: Wo sitzt du immer, wenn du hier bist? Ich wies auf das Birkengebüsch. Hab ich mir gedacht, sagte er und lächelte, da hab ich früher auch gesessen, Fritz, beim Kühehüten habe ich da auch immer gesessen. Da machen wir es uns jetzt gemütlich. Das ist ein guter Platz zum Kühehüten …

Ich wusste gar nicht, was er meinte. Er ging mit mir zu

einem abgemähten Feld, wo noch die Strohgarben des Roggens zum Trocknen aufgestellt waren, und er nahm sich gleich fünf davon auf die Schulter und ich sollte auch eine nehmen.

Wir warfen sie unter die Birke und ich wusste immer noch nicht, was er vorhatte. Wart mal ab, sagte er, wart mal ab, kleiner Fritz, was wir beide jetzt machen.

Er ging mit mir an den Waldrand. Er zog sein Taschenmesser aus der Tasche und schnitt fingerdicke Zweige ab. Er warf sie mir hin und ich musste die kleinen Äste und Blätter abmachen. Ich war schnell damit fertig und er lobte mich dafür.

Mit einem Bündel Äste gingen wir zur kleinen Birke zurück. Die Kühe hatten keinen Unsinn gemacht und Wasser lag da, die Schnauze auf den Pfoten, guckte mal zu den Kühen und dann zu uns, so als wäre er ein bisschen misstrauisch, was wir da anstellen würden. Er klopfte mit seinem Schwanz auf den Boden. Das machte er immer, wenn er zufrieden war.

Mein Vater zog mit einem Stock auf dem Boden ein Viereck, vielleicht drei Schritte breit und zwei Schritte tief. So, sagte er, das wird unser Haus. Du wirst sehen, es reicht für uns beide.

Er nahm einen dicken Feldstein auf und begann die Stöcke, die er mit dem Messer angespitzt hatte, in den Boden zu schlagen, einen neben den anderen. Ich musste die Stöcke halten und er hämmerte sie in den Boden. Zur Wiese hin ließ er eine Tür, die oben, wo man reinkriechen würde, einen Querbalken hatte. Ich wusste jetzt, was er vorhatte, und half ihm. Ich sammelte die Bindfäden aus den Strohbündeln, um die Zweige richtig festzubinden. Bald war das Gerüst fertig und wir fingen an rundherum das Stroh festzumachen. Das brauchte die meiste Zeit, musst du wissen. Wir flochten das Stroh zwischen die Zweige, damit eine dichte Wand entstand. Es sollte ordentlich aussehen. Zum Schluss kam das Dach dran. Du glaubst es nicht, das war eine Menge Arbeit.«

Der Vater schwieg und blickte über den Fluss. Gertrud sah, dass sein Gesicht nachdenklich war und irgendwie traurig. Er hat nie von seinem Vater erzählt. Er hat noch nie so wie heute hier auf dem Fluss erzählt. Oder war da eine Geschichte mit einer Taube, die sie gehört hatte? Sie war sich nicht sicher.

»Es war ein wunderbares Haus, wie es da so stand unter der Birke ... Das kannst du dir sicher vorstellen. Wir betrachteten es von allen Seiten und ich hatte das Messer in der Hand. Wo das Stroh zu weit herausguckte, schnitt ich es ab und mein Vater nickte dazu, weil ich es gut machte.

Geh doch rein, sagte er. Ich ließ mir das nicht zweimal sagen. Kaum war ich in dem großen staubigen Raum, kam auch Wasser hinterher und ich warnte ihn, ja nichts kaputt zu machen. Er drehte sich zwar, schien sich aber in acht zu nehmen und war vorsichtig, um nicht an die Wände zu stoßen. Es roch nach Staub und Stroh, wie es auch beim Dreschen riecht, verstehst du? Als mein Vater durch die Türe kroch, war es einen Augenblick lang ganz dunkel und ich dachte, das ist zu viel, jetzt fliegt alles auseinander! Aber es ging gut, sehr gut sogar. Wir saßen dicht nebeneinander, Wasser vor unseren Füßen. Mein Vater holte seine Dose mit Kautabak raus, schnitt sich ein Stück davon ab und steckte es sich in den Mund. Aus Spaß bot er mir ein Stück an und wir lachten beide. Wir guckten einfach nur raus und auf die Kühe und waren zufrieden wie noch nie. Wasser hatte nichts zu tun, die Kühe gingen alle in der gleichen Richtung am Waldrand entlang und grasten. Sie gehen immer in der gleichen

Richtung, musst du wissen. Es war alles in Ordnung, die ganze Welt. Und Wasser war ein verdammt kluger Hund, einen klügeren gab es im ganzen Dorf nicht.«

Gertrud war es, als könnte sie das Strohhaus sehen und Stroh und Staub riechen, wie er es beschrieben hatte. Wie roch Kautabak?

So schlief sie ein und wurde erst wach, als das Boot knirschend am Ufer anlegte.

10. Es war schon Nachmittag, aber die Sonne stand noch hoch. Das Ufer zur Rechten war jetzt nicht mehr undurchdringlich, sondern mit niedrigen Büschen bewachsen. Friedrich Ganse hatte einige Antilopen gesehen und Warzenschweine, die mit staksigen Schritten herumliefen und im Boden schnüffelten. Sie schienen sich um das vorbeitreibende Boot nicht zu kümmern. Er hatte aus Gewohnheit zum Gewehr gegriffen, es aber gleich wieder beiseite gelegt. Was sollte er mit einer toten Antilope anfangen? Dann wurde der Wald lichter und er sah hinter vereinzelten Bäumen das Wellblechdach.

Hier konnte kein Dorf der Afrikaner sein, dachte er. Afrikaner benutzten kein Wellblech. Er starrte ratlos auf den aufsteigenden Rauch, der aus einem Schornstein zu kommen schien, denn es war eine schlanke Rauchsäule.

Er fuhr weiter, hielt sich vorsichtig in der Nähe des Ufers. Das Dach war hinter Gebüschen verschwunden, aber bald kam ein hölzerner Landesteg in Sicht. Ein Boot, aus Brettern zusammengefügt, war angekettet. Alles wies darauf hin, dass hier Europäer lebten.

Wer mochte hier wohnen? Er hatte früher von einem Mann namens Goldschmitt gehört, der in dieser Gegend leben sollte. Sollte er die Fahrt unterbrechen? Er blickte auf

Gertrud. Sie war jetzt blass, wie Kinder blass sind, die tief und besinnungslos geschlafen haben. Aus ihrem Mundwinkel sickerte ein wenig Speichel auf ihr Hemd.

Er entschied sich und legte an. Er nahm das Gewehr über die Schulter und hob sein Kind aus dem Boot. Es war unerträglich heiß. Er sehnte sich nach Schatten, dies war eine gute Gelegenheit für eine Rast. Vielleicht könnten ihm diese Europäer mit Medikamenten helfen. Und es würde gut sein, ein paar Worte zu reden.

Mit großen Schritten ging er auf dem Trampelpfad hügelan durch die dichten Büsche. Ein Gemüsegarten kam in sein Blickfeld. Zwei große Mangobäume spendeten Schatten für die sorgsam angelegten Beete, die bis an das Gebäude reichten. An beiden Seiten des Holzhauses wuchsen hohe Bananenstauden.

Es war ein einfaches Holzhaus mit einer tiefen Veranda an der Vorderfront zur Flussseite. Er sah zunächst nur schwarze Kinder, die, als sie ihn sahen, mit wildem Geschrei auf ihn zustürmten und ihn umringten. Aus der Türe trat ein großer, weißer Mann. Er hielt seine Hand über die Augen, um gegen die Sonne besser zu sehen, welcher Besuch sich da ankündigte. Er trug eine verschmutzte, beigefarbene Hose und ein Unterhemd, das seine starken, fetten Arme freiließ. Seine Haare hingen ihm lang und strähnig bis auf die Schultern, so dass man ihn von weitem für eine Frau halten konnte.

Das wird Goldschmitt sein, dachte Friedrich. Er hatte von diesem deutschen Geologen gehört, Klatschgeschichten von einer schwarzen Frau, die von ihm schwanger wurde und die er zum Erstaunen der Weißen der Stadt geheiratet hatte. Und es soll da eine Mutter in Deutschland gegeben haben, die ihrem Sohn in die Fremde geschrieben haben soll: Wenn dir diese Frau für eine Nacht gut war, dann soll sie dir für das ganze Leben gut sein. So was erzählte man sich in Kigoma von Goldschmitt.

Er ging durch die wimmelnde Kinderschar auf das Haus zu und stieg die Stufen zur Veranda hoch.

»Sie sind der erste Weiße, der uns beehrt«, dröhnte die Stimme des Mannes, als er Friedrich die große Hand entgegen streckte und kräftig schüttelte. Er blickte in wässrig-blaue Augen und ein gutmütiges, großes Gesicht voller Falten.

»Was führt Sie in mein Paradies am großen Fluss …?«, der Mann schlug Friedrich freundschaftlich auf die Schultern. »Sie sind doch ein Landsmann. Das erkenne ich auf hundert Metern, da macht mir keiner was vor … Welcher Engländer sollte sich auch hierher verirren? Die sitzen lieber in ihren Clubs und trinken Whisky. – Setzen Sie sich. Was ist mit dem Kind?«

Er beugte sich über Gertruds Kopf und schob vorsichtig das Hemd zur Seite. Dann wandte er sich zur Tür und rief ins Haus.

»Martha, du wirst gebraucht. Wir haben Besuch bekommen!«

Er schob Friedrich, ohne eine Antwort abzuwarten, in einen Sessel und nahm ihm das leblose Kind vom Arm.

In der Tür erschien eine zierliche schwarze Frau in einem blaugeblümten Kleid. Sie trug ein Kopftuch. Ohne erkennbares Erstaunen blickte sie auf den fremden Weißen, dann auf das Kind auf dem Arm ihres Mannes.

»Sie kann unsere Sprache besser als ich«, gab der Mann zu verstehen und scheuchte mit ein paar sanften Fußtritten seine Kinder beiseite. »Geben wir ihr das Mädchen, solange Sie hier sind. Sie weiß alles über Kinder, glauben Sie mir!«

Friedrich gab der Frau die Hand. Sie nahm Gertrud und sprach leise zu ihr, während sie sie ins Haus trug.

»Hier lebe ich seit zwei Jahren. Vielleicht haben Sie von mir gehört. Wer hat nicht von mir gehört ... Und die Leute hier reden gern ... Wo sonst soll ich meine vielen Kinder denn durchbringen, können Sie mir das verraten? Als Geologe braucht mich keiner mehr. Und seit in Deutschland die Nazis an der Macht sind, will da keiner meine Artikel mehr drucken. Da ich Deutscher bin, wollen die Engländer meine Arbeiten nicht. Verrückte Welt, finden Sie nicht? Sollen sie es doch bleiben lassen ... Hier kann ich jagen, Bananen züchten und den Garten bestellen, und niemand guckt mich scheel an. Sie wissen schon, wegen meiner Frau und den Kindern. Hier haben wir alles, was wir brauchen. Und den Schulunterricht gebe ich selber, damit sie was lernen und gute Deutsche werden.«

Während er sprach, waren die Kinder wieder näher gerückt.

»Mein Kind ist krank«, unterbrach Friedrich den Mann, der in einem riesigen Schaukelstuhl wippte, »ich bin unterwegs in die Stadt, um es ins Hospital zu bringen. Vielleicht können sie ihm dort helfen.«

»Ach, wissen Sie«, in Goldschmitts Stimme war Mitgefühl und Resignation zugleich, »wenn ich mit jedem meiner Kinder ins Hospital fahren würde, hätte ich viel zu tun. Bezahlen könnte ich die vornehmen weißen Doktoren schon gar nicht. Wenn sie krank sind, gebe ich ihnen Aspirin. Davon kaufe ich jedes Jahr so an die drei Kilo. Wenn das nichts hilft, bringt meine Frau sie in die Dörfer und irgendwann kommen sie gesund zurück. Ich weiß nicht, was sie mit ihnen machen. Sie sehen ja, sie leben noch. Was soll ich tun? Es sind zu viele, als dass ich mich um alle kümmern kann«, er machte eine theatralische Handbewegung, »und dabei sind sie munter wie die Fische im Fluss und fressen hier alles ratzekahl.«

Ein kleiner Junge von vielleicht sechs Jahren schleppte mühsam keuchend einen großen verschlossenen Glasbehälter aus dem Haus, der fast voll war mit weißen Pillen.

»Das ist meine Apotheke«, lachte Goldschmitt, »und der Kleine hier ist mein Adolf. Den Namen hätte ich ihm wohl besser nicht gegeben, oder?« Er lachte, nahm den Jungen auf den Arm und herzte ihn.

»Jetzt zeige ich Ihnen, was diese Bande von Halbwilden in meiner Schule gelernt hat.«

Er steckte zwei Finger in den Mund und ließ einen gellenden Pfiff ertönen. Kaum war er verklungen, standen alle Kinder, in der Reihe ihrer Größe, mit den nackten Fußspitzen an einem weißen Strich, der auf dem Balkon gezogen war. Sie standen stramm mit durchgedrückten Rücken und ernsten Mienen. Friedrich hatte sich überrascht und belustigt erhoben. Da ertönte ein zweiter Pfiff, und, als sei dies ein verabredetes Signal, plärrten die Kinder in Deutsch:

»Wir sind die Hoffnung Afrikas. Wir fürchten nur Papa und Mama und sonst nichts auf der Welt.«

Goldschmitt schüttete sich aus vor Lachen. Stolz gab er den Kindern ein Zeichen und sie stoben auseinander, rückten wieder in Friedrichs Nähe oder verschwanden hinter den Bananenstauden; einige rannten ins Haus, um die Mutter mit dem fremden Kind zu besichtigen.

»Bei mir werden sie alles lernen«, fuhr Goldschmitt fort, »sie sollen alle was Ordentliches werden, dafür sorge ich. Mehr kann ich nicht tun.« In seiner Stimme war Bekümmerung. »Den Rest macht meine Frau, eine bessere Mutter können sie nicht haben. – Bevor Sie weiterfahren, sollten Sie sich so viel Aspirin einstecken, wie Sie brauchen. Ich will mal sehen, was meine Frau macht.«

Die Mutter der vielen Kinder kam, Gertrud auf dem Arm, auf die Veranda und bettete das Kind auf eine Decke, die sie auf dem Boden ausgebreitet hatte. Sie hockte sich nieder und sprach leise.

»Dieses Kind war sehr krank. Es ist noch schwach. Ein schönes Kind, das Sie da haben, ein wirklich besonderes Kind. Wie hell ihre Haare sind. Wie zart ihre Haut. Sie hat Augen wie die Sterne am Nachthimmel. Sie müssen viel mit ihr reden, wenn Sie wieder auf dem Fluss sind. Damit sie aus ihrem Schlaf aufwacht. Sie braucht Sie dazu, denn im Schlaf ist man sehr alleine. Und das kann sie jetzt nicht gebrauchen ...«

Die beiden Männer und die Kinder hatten Unterhaltung und Lärmen unterbrochen, als die Frau zu ihren Füßen zu sprechen begonnen hatte.

Ganse sah sie von der Seite her an. Ich kann Goldschmitt verstehen, dachte er, diese Frau ist eine ganz besondere Frau. Als er zu Goldschmitt hinüberblickte, sah er so etwas wie Stolz in den Zügen des großen weißen Gesichtes.

Die Frau stand auf.

»Geben Sie ihr weiter von dem Getränk, das man Ihnen im Dorf zubereitet hat. Und geben Sie ihr nichts mehr von dem Fleisch, es ist zu stark gesalzen und bekommt ihr nicht. Nehmen Sie Bananen mit, das ist besser für sie und leichter verdaulich. Gleich hole ich Ihnen eine Tüte mit getrocknetem Bananenbrot, das ist gut für sie. Und ...«, sie griff in die Tasche ihres Kleides, »wir legen ihr diesen flachen Stein auf den Bauch, direkt auf die Haut, wenn Sie losfahren. Er beruhigt ihr Inneres. Vertrauen Sie darauf.«

Friedrich nahm den weißen Stein entgegen. Sie schien seinen zweifelnden Blick gesehen zu haben.

»Nicht alles, was wir hier machen, ist Zauberei«, sie lächelte bei diesen Worten, »die Natur hat viele Kräfte und es ist Gottes Wille, dass wir sie nutzen.«

Friedrich war unsicher. Hatte sie von Gottes Willen gesprochen, weil er ein Missionar war? Hatte sie das ernst gemeint? War er hier unter Christen oder Juden oder Heiden? Konnte er diesen Leuten ein gemeinsames Gebet vorschlagen, wie er es tat, wenn er auf den Farmen oder in der Stadt weiße oder getaufte schwarze Familien besuchte? Irgendetwas hinderte ihn daran.

Die Goldschmitts begleiteten ihn zum Fluss, um ihre Füße herum balgten sich die Kinder. Die Sonne zeigte an, dass er noch zwei oder drei Stunden würde fahren können. Er legte Gertrud an ihren Platz. Goldschmitt nahm ihn an seine breite Brust und klopfte ihm auf den Rücken.

»Kommen Sie wieder vorbei«, dröhnte er gutmütig, »auf dem Rückweg, mit einer gesunden Tochter!«

Die Frau gab ihm ein Bündel mit kleinen, gelben Bananen und eine Tüte und reichte ihm die Hand.

»Denken Sie daran, mit dem Kind zu sprechen!«

»Aber sie schläft doch meist …«, gab er zu bedenken.

»Gerade dann! Im Schlaf muss man ihre Lebensgeister wach halten.«

Sie beugte sich noch einmal zu Gertrud, küsste sie und verlangte von Ganse den Stein. Sie legte ihn ihr vorsichtig unter das Hemd, vergewisserte sich, dass er auf ihrem Bauch lag und nicht so leicht verrutschen konnte.

Die Kinder schoben unter Gejohle das Boot auf den Fluss, warfen sich ausgelassen ins Wasser und bald war die winkende Familie seinem Blick entschwunden. Noch lange hörte er durch die Büsche das Gelächter und Geschrei und beneidete diese Familie ein bisschen um ihre fröhliche Gelassenheit.

Friedrich hatte vergessen die Frau nach der Hahnenkralle zu fragen. Er öffnete Gertruds Hemd, sie lag noch an ihrem Platz. Er meinte eine weitere Kerbe zu sehen, war sich aber nicht sicher.

11.

Sie hatten den Fluss in seiner ganzen Breite mit Booten gesperrt. Hunderte von Speeren ragten in den Abendhimmel. Friedrich Ganse hielt seine Panik angesichts dieser plötzlichen Begegnung mühsam unter Kontrolle. Er hatte sie, da er gerudert hatte und nicht in Fahrtrichtung saß, erst spät gesehen. Er war versucht, nach dem Gewehr zu greifen, aber es würde ihm wenig nutzen. Er war ihnen ausgeliefert.

Einer der Schwarzen hielt ein Gewehr auf ihn gerichtet. Als sein Boot herantrieb, griffen schwarze Hände nach dem Bug und zogen es ans Ufer. Sie sprachen auf ihn ein, aber er verstand sie nicht. Noch konnte er nicht erkennen, ob sie ihm feindlich gesinnt waren.

»Ich bin unterwegs zum Hospital, mit meinem kranken Kind, seht ihr das nicht?« Er sprach in Deutsch, in Englisch, in Kisuaheli, immer den gleichen Satz, wie gegen eine stumme Wand. Er war gut zwei Bootsstunden von Goldschmitt entfernt. Warum hatte er ihn nicht gewarnt? Erst jetzt sah er, dass in den Booten zappelnde silbrige Fische lagen und sie Netze hinter sich herschleppten. Er war erleichtert. Vielleicht war die Flusssperre nicht seinetwegen gewesen. Er legte das Ruder zur Seite und wischte sich den Schweiß vom Gesicht, bevor er aufstand und an das Ufer ging. Die Männer hatten Gertrud hochgenommen und in die Büsche getragen. Er hatte sie bald aus dem Blick verloren, denn er war jetzt umringt von den Männern, die seine Sachen an sich nahmen, sein Gewehr ging von Hand zu Hand, sie schienen es eingehend zu kommentieren.

Es war laut, denn alle sprachen durcheinander. Diese Männer waren vielleicht misstrauisch, aber sie hatten nichts gegen ihn, das spürte er. Ein Mann mit faltigem Gesicht und einem grauem Bart und vielen Ketten um seinen mageren Hals stand vor ihm und redete auf ihn ein, wies ihn schließlich mit der Hand an, ihnen zu folgen. Was blieb ihm anderes übrig?

Die Siedlung der Schwarzen war vielleicht hundertfünfzig Meter von der Anlegestelle entfernt. Die Häuser aus Baumstämmen und Strohgeflecht schienen vor nicht allzu langer Zeit errichtet worden zu sein, denn die Schnittstellen waren noch frisch und das Stroh hatte noch nicht die dunkle Färbung von vielen Regenfällen. Der Boden des Dorfplatzes war tief wie nach langem Regen, es roch nach Qualm und geröstetem Fleisch und zwischen den Hütten und offenen Feuern war eine unglaubliche Geschäftigkeit. Friedrich suchte mit den Augen nach seinem Kind, aber die Männer drängten ihn voran, der Alte mit den vielen Amuletten blieb an seiner Seite.

Er zog ihn in eine kleine Rundhütte aus Stroh. Ganse musste sich bücken, um durch den Eingang zu gelangen. Eine uralte Frau saß im Dämmerlicht auf einem schmutzigen Fell. Sie war von Lumpen umgeben, die den Boden bedeckten. Sie hatten von Alter und Schmutz längst ihre Farbe verloren. Vor ihr brannte ein kleines Feuer, das einen süßlichen Geruch verströmte. Es brannten nicht mehr als zwei oder drei Zweige. Die Brüste der Alten hingen schlaff bis zum

Bauchnabel, ihr Kopf war kahl, sie hatte nur noch wenige Zähne und es schien, als lache sie vor sich hin. Friedrich war unruhig, weil er nirgendwo seine Tochter gesehen hatte. Was sollte er hier? Was hatten sie mit ihm vor? Es war ein unheimlicher Ort. Er versuchte mit Gesten nach seinem Kind zu fragen, formte seine Arme und machte fragende Bewegungen. Aber die Alte wies ihn an, neben ihr Platz zu nehmen. Sie warf eine Hand voll Knochen auf die Lumpen, betrachtete ihre Lage und sammelte sie wieder ein, um sie sorgfältig unter den Tüchern zu verbergen. Dann sprach sie mit dem Alten, der an der Türe stehen geblieben war. Ihre Stimme war grob und glucksend und sie unterstrich alles, was sie sagte, mit Bewegungen ihres Oberkörpers. Ihre Brüste schlenkerten hin und her. Plötzlich hatte sie die Hahnenkralle in der Hand, schien sie aus ihrem Rock geholt zu haben, griff nach einem Messer und zog zwei feine Schnitte in die knorpelige Haut. Sie arbeitete langsam und sorgfältig und betrachtete ihr Werk. Dann reichte sie dem Alten wortreich diesen Fetisch und gab streng mit Handbewegungen zu verstehen, dass sie das Haus verlassen sollten. Schon vor der Türe, hörte Friedrich, dass sie sang. Es war eine seltsam süße Melodie.

Der Alte fasste Ganse am Arm und zog ihn an ein Feuer. Frauen brieten Fleisch an Spießen und kochten Gemüse in eisernen schwarzen Töpfen. Er nahm ein Gefäß mit einem weißen Getränk entgegen und setzte es an seine Lippen. Es war wunderbar kühle Milch. Erst beim Trinken verspürte er seinen Durst und Hunger überfiel ihn. Er musste nicht lange warten. Während er das gewürzte Gemüse in sich hineinschlang und in die Keule von Affenfleisch biss, begannen die Trommeln.

Es war dunkel geworden. Er blickte in den hohen Himmel

und es war ihm, als habe er ihn nie so dunkelblau und mit so vielen hellen Sternen gesehen. Die Luft war angenehm kühl. Aus dem Wald schnarrten Geräusche der Nacht, und im Lichtschein der Feuer sah er Körper und Schatten der Tänzer und Tänzerinnen, in weiches Leder gekleidet, wie sie in immer schnelleren Wirbeln dem Rhythmus folgten. Sie schienen wie in einem spielerischen Rausch. Friedrich Ganse sah, wie aus einem Krug die Becher immer wieder gefüllt wurden. Wahrscheinlich Bananenbier, dachte er. Man bot ihm davon an, aber er wies es zurück. Er hätte gerne davon getrunken.

Die Sorge fiel von ihm ab, was konnte er auch tun. Er stieß den Alten an seiner Seite an und bedeutete ihm, er wolle schlafen. Der Alte ging auf eine Rundhütte zu. Durch den engen Eingang sah er ein Lager aus Gras und Decken. Er zog sich die Schuhe aus und legte sich nieder. Die Trommeln begleiteten ihn in einen tiefen Schlaf.

Er hatte vom Fluss geträumt. Der Alte weckte ihn und wartete vor der Tür, bis er sich aufgerichtet und seine Schuhe angezogen hatte. Es war noch dunkel, aber am Himmel sah man den ersten Schein des anbrechenden Tages.

Sie gingen durch die Stille der Dämmerung an den glimmenden Feuern vorbei. Selbst der Wald schien zu schlafen, nur ein paar Morgenvögel wagten zaghafte Töne.

An einer Eisentonne zog Ganse das Hemd aus und wusch sich. Das Wasser war wohltuend kühl und vertrieb die Reste des Schlafes. Er zog sich an, die Sonne würde das feuchte Hemd bald trocknen, dachte er.

Der Alte war bei ihm geblieben und führte ihn zu einem der Häuser. Durch die Türe fiel ein Lichtschein auf den Rasen.

Als sie eintraten, schwiegen die Frauen. Er sah ein Lager.

Dort saß eine junge Frau und fütterte Gertrud. Das Kind war wach und blickte ihn an. Ihre Augen hatten jetzt nicht diesen erschreckenden Schleier, der ihn immer daran erinnerte, dass sie sehr krank war.

»Ich werde wieder gesund, haben sie gesagt.« Gertruds Stimme war nicht mehr als ein Flüstern.

Ganse versuchte in allen Sprachen, die er beherrschte, Fragen zu stellen, aber die Frauen lächelten nur. Der Alte drängte zur Eile. Ganse nahm Gertrud auf den Arm und folgte ihm zum Fluss. Auf dem Wasser schimmerte das erste Tageslicht. Auf dem Boden des Bootes lagen seine Bündel. Und sein Gewehr.

Der Alte wies auf eine Kürbisflasche und auf das Kind.

»Ich soll davon trinken«, sagte sie und lächelte, als Friedrich sie auf das frische Lager legte. Das Gras war erneuert, auch die Schatten spendenden Palmzweige. Ganse drehte sich um und dankte dem Alten, wissend, dass der seine Worte zwar nicht verstand, vielleicht aber seine Geste.

Der Alte schob das Boot in den Fluss. Er stand noch lange bis zum Bauch im Wasser und blickte ihnen nach, bis sie hinter dem dichten Buschwerk verschwunden waren.

Es wurde heller, der Fluss war hier ruhig. Friedrich kniete neben Gertrud und suchte unter ihrem Hemd. Die Hahnenkralle war wieder an ihrem Platz und auf ihrem Bauch lag der flache Stein, den er vergessen hatte. Er ließ alles, wie es war und erschrak auch nicht über die gelben und blauen Farbstriche am Hals seines Kindes.

Gertrud wies auf sein Gesicht und lächelte. Er beugte sich über das Wasser und sah sein Gesicht. Auf seiner Stirn waren drei senkrechte blaue Farbstreifen vom Haaransatz bis zu den Augenbrauen.

»Erzählst du weiter?«, fragte sie.

Überrascht drehte er sich von der Ruderbank zu seinem Kind um. Sie sah ihn fragend an. Hatte sie seine Geschichte gehört? Gestern auf dem Fluss?

»Was soll ich dir erzählen?« Er war verlegen und wunderte sich selbst darüber.

»Geschichten von deinem Vater – oder so … Oder von dem Pferd.«

»Von welchem Pferd denn?«

»Das an der Wand hängt bei uns. Das Foto. Es war doch dein Pferd …?«

»Ja, das war unser Pferd Hans. Mit ihm haben wir alle Arbeiten auf dem Hof verrichtet. Wenn wir ein Stück weiter sind, erzähle ich dir davon. Und von einem anderen Pferd, das wirklich meins gewesen ist«, sagte er, um Zeit zu gewinnen. Dann griff er die Ruder fester und trieb das Boot voran. Wenn die Sonne hoch stand, würde es schwierig sein zu rudern. Jetzt fühlte er sich noch stark und erfrischt.

Sie mussten ihm die Farbe in der Nacht während des Schlafes ins Gesicht gestrichen haben. Dem Kind ging es viel besser als an den Tagen zuvor. Gertrud hatte endlich gesprochen, war auch jetzt bei Bewusstsein. Er blickte sich behutsam um. Sie hatte die Augen auf ihn gerichtet und lächelte.

»Du siehst jetzt ganz anders aus als früher«, sagte sie. »Ein richtig wilder Mann bist du jetzt – mit deinem Bart.«

»In der Stadt können wir alles wieder in Ordnung bringen«, versuchte er sie und sich selbst zu beruhigen, aber Gertrud lachte nur.

»Es soll immer so bleiben, vielleicht fahren wir ja weiter und weiter auf dem Fluss. Und kommen in alle Dörfer Afrikas …!«

12. Der Fluss wurde enger und es schien, als flösse das Wasser schneller. Die Ufer waren dicht bewachsen. Hier könnte es eine Menge Flusspferde oder Krokodile geben. Das Wasser roch faulig. Der Mann beobachtete den Fluss besonders wachsam. Hier fiel kein Sonnenlicht ein, die Äste der Bäume verdunkelten alles zu einem grünen dampfenden Saal. Das Halbdunkel barg Gefahren. Er hielt sich in der Mitte des Flusses, um vor Raubkatzen, Schlangen und Insekten sicher zu sein, die im Geäst lauern konnten. Das Gewehr in der Hand, versuchte er mit den Augen die grüne Wand abzutasten und jede Bewegung frühzeitig zu erkennen.

Aber die Gefahr kam nicht aus dem dichten Gestrüpp oder den Bäumen. Plötzlich bäumte sich das Boot vorne auf, der Mann hörte das dumpfe Knirschen und sah, wie es sich auf die Seite legte. Instinktiv beugte er sich zur anderen Seite, um zu verhindern, dass Wasser über den Bug eindrang. Sie saßen fest, waren auf eine Sandbank gelaufen, oder auf Gehölz, das auf dem Grund des Flusses den Weg versperrte. Vorsichtig stieg Friedrich aus dem schief liegenden Boot, um es anzuschieben. Er versank, den Kopf schon unter Wasser, spürte keinen Boden unter den Füßen und musste kämpfen, um Luft holen zu können. Schließlich fanden seine Füße einen glitschigen Halt auf dem Grund. Bis zur Brust stand er im Wasser, keuchte beim Versuch, das Gleichgewicht zu gewinnen. Er stemmte sich in den nachgebenden Boden. Nach ein paar vergeblichen Versuchen glitt das Boot nach vorn, der Bug versank fast bis zum Wasserspiegel, und nahm sofort Fahrt auf. Seine Hände umklammerten den Bootsrand, während er schwamm. Wenn er auch nur einen Augenblick losließ, würde er das Boot nicht mehr einholen. Seine Versuche, sich über die Bordwand zu ziehen, wurden zur Qual, denn das Boot schwankte gefährlich und drohte, voll Wasser zu laufen. Immer wieder warf er sich mit dem Oberkörper über die Bordwand, um irgendwie hineinzukommen. Es gelang nicht, er fiel zurück und um Haaresbreite hätten seine Hände den Bootsrand verfehlt, als er auf der Suche nach Halt daneben griff. So schwamm er ratlos weiter und versuchte mit aller Kraft das Boot ans Ufer zu bringen, um Halt unter den Füßen zu bekommen. Es kam ihm wie Stunden vor, bis er erschöpft nach den Zweigen greifen konnte, um auszuruhen. Wieder stand er bis zur Brust im Wasser, die Füße suchten nach festem Grund, aber da war nur morastiger Boden. Sein Atem ging pfeifend und von seinem Hut troff es herab. Von hier aus würde er nicht ins Boot steigen können. Ihm blieb keine Wahl, als eine Stelle zum Anlegen zu suchen. Langsam bewegte er sich voran, hangelte sich von Zweig zu Zweig, seine linke Hand um die Bootswand gekrallt, während er mit der rechten in die Büsche griff, um sich gegen die Strömung zu wehren. Wenn er nur den Strick am Bug erreichen könnte, dann würde er ihn um seinen Leib binden und hätte beide Hände frei.

Mit jedem Schritt mussten seine Füße nach festem Boden tasten. Die Finsternis da unten schien nur aus Morast und faulendem Holz zu bestehen. Meter um Meter bewegte er sich voran, die Hand am Bootsrand schmerzte unerträglich. Unmöglich, hier an Land zu gehen, das Ufer war dicht mit Büschen, Dornengestrüpp und Schlingpflanzen versperrt. Immer wieder musste er eine Pause einlegen, weil seine Kräfte schwanden und die Krämpfe in seiner linken Hand unerträglich wurden. Er merkte nicht, dass er vor Erschöpfung weinte und laut den Fluss zu verfluchen begann. Er dachte jetzt nicht an Krokodile oder Schlangen, sondern nur daran, dass die Qualen ein Ende haben sollten.

Wie lang mochte er nur gekämpft haben, bis endlich ein Stück Uferböschung in Sicht kam, wo er das Boot anbinden und an Land gehen konnte. Erschöpft fiel er auf den Rücken, den Strick des Bootes um die verkrampfte Hand geschlungen, und schloss die Augen. Sein Körper zitterte, jeder Muskel schmerzte, seine linke Hand begann anzuschwellen, und zum ersten Mal überfiel ihn eine dumpfe Mutlosigkeit.

Das Wasser rauschte an der Bordwand. Als er sich endlich aufrichtete, sah er mit seinem verschleierten Blick sein Kind wie weit entfernt. Es schien jetzt verletzlich und verloren im Bug zu kauern. Es war so klein und mager. Gertrud lag auf der Seite und hatte den Kopf auf die Brust gedrückt. Ihr Gesicht war weiß und die Haut durchsichtig wie Glas. Um die Augen lag blauer Schatten.

Am gegenüberliegenden Ufer standen Silberreiher im Wasser, das Gefieder leicht vom Wind aufgeplustert. Man konnte sie inmitten der weißen Lilien kaum mit den Augen ausmachen. Sie flogen nicht auf, als er das Tau vom Wurzelgeflecht löste, ins Boot stieg und es wieder in die Strömung gleiten ließ. Er hatte alle Hände voll damit zu tun, es mit Steuer und Ruderblättern auf einem ruhigen Kurs zu halten. Die Strömung trieb es heftig voran. Ganse starrte konzentriert auf den Fluss, um die treibenden Gewächsinseln und

Sandbänke zu vermeiden. Die Geräusche des Waldes nahm er nicht wahr, in seinem Kopf dröhnte es. Über ihm schrien kleine schwarze Affen in den Zweigen, sie folgten eine Zeit lang schimpfend dem Boot, von Ast zu Ast springend.

Die Sonne hatte den Höhepunkt überschritten, als der Fluss breiter wurde und das Boot endlich in ruhigere Gewässer glitt. Der Wald öffnete sich, zur Rechten sah er hinter den Bäumen des Ufers ein Stück Steppe, auf der ein Nashorn weidete. Weiße Vögel saßen auf seinem Rücken und pickten den schuppigen Panzer des schweren Tieres.

Ganse riskierte das Boot treiben zu lassen, öffnete die Bündel und legte die Speisen vor sich auf die Ruderbank. Bananen, Trockenfleisch, Mangos, ein Kürbis mit gekochtem Gemüse, das Gefäß mit dem Getränk für Gertrud.

Ausgezehrt von den Anstrengungen der letzten Stunden aß er ein paar Bissen, den Rücken gegen die Bootswand gelehnt, den Blick wachsam nach vorn gerichtet. Der Fluss war hier breit und ruhig, hier würde er keine Schwierigkeiten bekommen.

Er hatte viel Zeit verloren. Wie viel? Noch eine solche Anstrengung würde er an diesem Tag nicht überstehen.

Er kämpfte seine Mutlosigkeit nieder und beugte sich über das Mädchen. Ihre Stirn war kühl. Vermutlich hatte sie von den Gefährdungen der letzten Stunde nichts wahrgenommen. Er wollte sie nicht wecken und ging zur Ruderbank zurück, entschied sich aber, das Boot in der Strömung treiben zu lassen. So saß er, den Blick nach vorn gerichtet, und begann zu sprechen, ohne zu wissen, was er tat.

»... Ich hätte auch Bauer werden sollen, denn ich war der einzige Sohn ... Ein einziger Sohn muss eigentlich immer Bauer werden ... Mein Vater brauchte Hilfe auf dem Hof und ich habe viel gearbeitet. Morgens um sechs wurden die

Kühe gemolken, dann gleich nach dem Frühstück das Pferd angespannt. Meine Mutter war eine kluge Frau, aber sie ist früh gestorben, wie du weißt. Sie hat zu viel gearbeitet, daran ist sie gestorben ...«

Er musste an seine tote Frau denken, Gertruds Mutter, und schwieg einen Moment nachdenklich, fuhr dann aber fort vor sich hin zu sprechen, weil die alten Bilder in seinem Kopf wie von allein die Worte formten.

»Im Winter saßen wir im Wohnzimmer und alle Möbel waren ausgeräumt, weil der Webstuhl aufgestellt wurde, und ein Spinnrad war da ... Wer macht das heute auf dem Hof? ... Ich habe lange Zeit keine Post von meinem Vater bekommen. Mein Freund hieß Karlchen und war der Sohn vom Bauern nebenan ...«

Er schwieg eine lange Zeit, als wüsste er nicht weiter oder als hätten ihn andere Erinnerungen abgelenkt.

»Ja, das Pferd Hans ... Es war ein wunderbares Pferd, aber mein Vater wollte nicht, dass ich es zum Reiten benutzte. Hans sollte auf dem Feld arbeiten und am Sonntag ausruhen. Er hatte ja Recht damit. Hans war dunkelbraun und das Fell seines rechten Vorderbeins war weiß bis zum Knie. Alles andere war braun. Hans mochte es sehr, wenn ich ihm Äpfel brachte. Auch das sollte ich nicht, weil wir die Äpfel brauchten, aber ich habe es trotzdem gemacht. Oft genug.«

Er dachte an die Geschichte mit einem anderen Pferd und zögerte von ihm zu sprechen. Aber Gertrud schien zu schlafen und so redete er weiter.

»Ich hatte lange Zeit mein Geld gespart, alles, was ich verdiente oder von Onkel und Tante geschenkt bekam. Ich hatte immer nur einen Traum: ein eigenes Pferd zu haben. Hans habe ich gern gemocht, aber er war nicht wirklich mein Pferd, nicht mein eigenes, mein ganz eigenes. Mein Vater bestimmte über Hans, nicht ich.

Dann war Jahrmarkt und gleichzeitig Pferdemarkt. Das war in der Stadt, in Lüchow, nicht in unserem Dorf. Ich war mehr bei den Pferden als bei den Buden oder im Tanzzelt. Ich sah mir alle Pferde an. Die Bauern gingen an den langen Reihen entlang, wo sie angebunden waren, und unterhielten sich, blieben stehen, um ihr Urteil abzugeben oder sich einfach an einem Pferd zu erfreuen.

Und dann sah ich ihn. Es war ein Fuchs, hellbraun, fast rot. Deshalb nennt man solche Pferde Fuchs. Er hatte am Kopf einen weißen Streifen und beide Fesseln der Vorderbeine waren weiß. Ich wusste sofort, dass dieser Fuchs mein Pferd sein sollte, komme was wolle …«

Ganses Gesicht hatte sich gelöst und er lächelte vor sich hin.

»Es gibt Momente, da weiß man, dass man etwas Richtiges tut. Es ist dann nicht nötig, alles zu überlegen und abzuwägen, was passieren könnte. Man kann dann gar nicht anders, als so zu entscheiden, wie man sich fühlt. Ich fragte den Händler nach dem Preis. Der Fuchs war noch sehr jung und nicht sehr teuer. Ich würde ihn nicht sofort reiten können, dazu war er zu jung. Das war mir egal. In einem halben Jahr würde es möglich sein, dann wäre sein Rücken stark genug. Ich liebte das Pferd sofort und bildete mir ein, dass es mich so ansah, als sei es einverstanden.

Aber der Preis war trotzdem zu hoch, mein Geld reichte nicht aus. Mir wurde ganz elend, wenn ich daran dachte, dass jemand anders ihn kaufen könnte. Beinahe hätte ich geweint. Ich war ja schon achtzehn, aber trotzdem hätte ich beinahe geweint vor Unglück.

Ich blieb lange bei dem Pferd stehen und streichelte seinen

Kopf. Es schnupperte an meiner Schulter und knabberte an meiner Hand. Ich wusste nicht, wie ich es anfangen sollte. Da kam mein Freund Karl vorbei, den fragte ich, ob er mir Geld leihen könnte. Er hatte nichts, keine Mark und versuchte mich zu trösten. Da standen wir beide und wussten nicht weiter.

Du willst es gerne haben, nicht wahr? fragte er mich. Ich brauchte ihm nicht zu antworten …

Da kam der Händler.

Na, was ist jetzt, junger Mann, hast du nun genug Geld oder nicht?

Ich zuckte die Achseln. Er blickte mich nachdenklich an und schien weitergehen zu wollen, aber er kam zurück.

Wie viel hast du denn?

Ich nannte ihm den Betrag, den ich in der Hosentasche bei mir trug.

Hast du sonst nichts? Vielleicht zwei Sack Hafer? Oder ein Schaf? Dann würde ich mit mir reden lassen.

Ich überlegte.

Verkaufen Sie ihn nicht, ich bin in einer Stunde wieder hier. Ganz sicher.

Ich rannte los. Es war ein langer Weg bis zu meiner Tante, sicher sechs Kilometer. Ich rannte den ganzen Weg und japste wie ein Jagdhund, aber es war mir egal.

Sie saß allein im Garten und strickte. Ich erkannte sie schon von weitem an ihrem großen Strohhut. Ich erzählte ihr die Geschichte von dem Pferd. Sie machte ein besorgtes Gesicht.

Hast du mit deinem Vater darüber gesprochen?

Ich schüttelte den Kopf.

Der wird nicht sehr erbaut sein von deinem Handel, sagte sie, legte das Strickzeug beiseite und stand auf. Nimm den Handkarren mit und komm.

Wir gingen zur Scheune und sie öffnete das Tor. Ich lud einen Sack Hafer auf den Handwagen und rannte los. Ich glaube, ich habe mich nicht einmal bei ihr bedankt. Ich rannte auch mit dem Handwagen und hatte nur eins im Kopf, ich könnte vielleicht zu spät kommen.

Karl hatte auf mich gewartet. Mein Pferd stand noch an der langen Stange und fraß am Heu. Als es mich sah, schnaubte es ein wenig.

Der Händler machte ein gönnerhaftes Gesicht.

Na, junger Mann, das ist zwar ein bisschen wenig, ich verdiene rein gar nichts an dem Geschäft, das kannst du mir glauben.

Er versuchte den Sack anzuheben, er war zu schwer. Mindestens zwei Zentner. Ich zählte ihm mein Geld aus der Hosentasche in die Hand.«

Ganse dachte an diesen glücklichen Augenblick, als der Händler das Pferd losmachte und er es selbst an die Hand nahm.

»Jetzt müssen wir die Hände zusammenschlagen, sagte der Händler, das macht man so! Ich fühlte mich sehr erwachsen dabei. Dann endlich war ich allein.

Die Schritte des Pferdes waren sanft und stark zugleich. Wie es die Hufe setzte, wie die Muskeln unter seinem Fell arbeiteten, wie stolz sein Kopf war!«

Es war, als erlebte der Missionar noch einmal jene glücklichen Augenblicke, die alles in seinem Leben verändert hatten. Er dachte jetzt nicht an die Folgen, er dachte nur an den Geruch des Fells, seinen seidigen Glanz, sein Schnauben aus den rosigen Nüstern, an das Geräusch der Hufe auf dem Kopfsteinpflaster, als er es über den heimatlichen Hof führte, um es an der Scheune anzubinden.

Er war durstig vom Sprechen und nahm einen Schluck aus

der Kürbisflasche. Gertrud schien immer noch zu schlafen. Ihr Gesicht war ihm vertraut und doch fremd, als habe er es nie richtig angesehen oder als habe es sich verändert auf dieser Reise. Es war erwachsener geworden.

Es ist die Krankheit, dachte er. Schwer kranke Kinder sind oft wie Erwachsene, sie verstehen die Dinge wie Erwachsene – oder noch besser als sie, sie sprechen anders und scheinen zu wissen, dass sie vielleicht bald die Erde verlassen.

Er blickte den Fluss hinauf und nahm die Ruder wieder in die Hand. Am Bug entstanden leichte Wellen, die sich auf dem stillen Fluss auf das Ufer zubewegten.

»Warum erzählst du nicht weiter?«

Er fuhr hoch.

»Du bist wach?«

»Ja, Papa. Erzähl doch weiter. Ich will wissen, wie es weitergegangen ist …«

Ganse war verlegen. Dies war keine Geschichte, die ein Kind hören sollte. Er suchte nach einer Ausrede, aber ihm fiel nichts ein und er schwieg verlegen.

»Bitte, wie hast du das Pferd genannt? Wie ist alles weitergegangen?«

Er fuhr einfach fort:

»Ich habe das Pferd am Halfter genommen und bin nach Hause gegangen. Der Weg wurde mir sehr lang, denn ich begann mir Sorgen zu machen. Wegen Papa. Je näher ich unserem Dorf kam, umso mehr war ich bedrückt. Denn mein Vater war sehr streng …«

»Aber er hat doch das Haus aus Stroh mit dir gebaut …«

»Ja …, schon. Aber wir waren sehr arm, musst du wissen. Und da kann man nicht alles machen, was man will. Wenn Leute arm sind, müssen die Eltern manchmal streng sein …«

»Was hat er gesagt, als du angekommen bist?« Gertruds Gesicht war jetzt leicht gerötet, ihre Augen hell.

»Er war zuerst gar nicht da. Er machte bei irgendeinem Nachbarn einen Besuch. Aber meine Mutter war da. Die hat sofort gewusst, dass es schwierig sein würde und hat geweint.

Bring es wieder weg, hat sie gesagt, sonst gibt es ein Unglück.

Ich fühlte mich schlecht, weil sie traurig war und sich Sorgen machte. Ich redete ihr gut zu, wollte sie als Verbündete haben. Dann wurde ich trotzig, um nichts in der Welt würde ich meinen Fuchs wieder hergeben.

Sprich du mit Papa, habe ich sie angefleht und sie hat es versprochen. Aber es hat nicht viel genutzt. Als er nach Hause kam, hat er gleich das Pferd gesehen und geahnt, was passiert war. Er kam in die Küche, hat seinen Hut auf den Nagel gehängt und mich an der Jacke gepackt. Er war wütend, das konnte ich sehen. Ich dachte einen Augenblick, er würde mich schlagen.

Du hast dieses Pferd gekauft, sagte er, du hast das getan, ohne mich zu fragen, ohne daran zu denken, dass wir es nicht durchbringen können. Bring es weg, verkauf es wieder. Wir können kein zweites Pferd brauchen, wir haben eins und das reicht! Schon das ist fast zu viel für unseren kleinen Hof, das solltest du selbst am besten wissen.

Ich war entsetzt und fühlte mich, als würde sich das Leben verdunkeln. Ich wagte nicht ihn zu beruhigen oder zu überreden. Ich kannte ihn gut genug. Er ging hinaus und ich hörte seine schweren Schritte auf der Treppe.

Meine Mutter weinte vor sich hin.

Mein Junge, mein Junge, sagte sie immer wieder, was hast du uns angetan? Sie wischte ihre Tränen mit der Schürze vom Gesicht. An der Wand schlug die Uhr, die Fliegen krochen über die Tischdecke, draußen schien die Sonne, aber für mich war es tiefste Nacht.

Dann meldete sich etwas in mir, das ich noch nicht kannte. Zorn.

Ich sprang auf und schrie, dass es jeder im Hause hören konnte:

Wenn ich das Pferd nicht haben kann, dann will ich auch nicht mehr hier bleiben!

Ich habe es ein paar Mal geschrien, jedes Mal lauter. Aber niemand antwortete mir.

Da habe ich meine Mütze und die Jacke vom Haken genommen und bin fortgegangen.«

Friedrich Ganse schwieg. Sein Gesicht hatte sich gerötet. Es war, als sei der Zorn jenes Tages noch einmal zurückgekommen. Gertrud hatte ihn noch nie so erregt gesehen, sie blickte atemlos in das ihr fast fremde Gesicht ihres Vaters.

Nach einer langen Pause fragte sie mit leiser und sehr vorsichtiger Stimme:

»Und dann?«

Sie spürte so etwas wie Mitleid mit ihrem Vater, der da gedankenverloren auf der Ruderbank saß und wie abwesend auf den Fluss blickte. Er bewegte sich, um das Boot an treibenden Ästen vorbeizuleiten. Konnte er das dem Kind erzählen? Ihm blieb, dachte er, keine andere Wahl.

»Dann bin ich gegangen. Den ganzen Abend und die ganze Nacht und den darauf folgenden Tag und immer weiter. Geschlafen habe ich irgendwann, wenn ich zu erschöpft war, unter Brücken oder in Heuschobern. Denn Geld hatte ich keins mehr. Ein paar Mal habe ich bei Bauern in der Ernte geholfen, um mich satt zu essen, dann bin ich aber weitergezogen. Ich wusste ja nicht, wohin ich sollte. Nach vielleicht einer Woche bin ich in eine große Stadt gekommen. Da habe ich die Abfalleimer durchwühlt, um etwas zu finden. Gewaschen habe ich mich an Brunnen oder in Bächen. Überall habe ich nach Arbeit gefragt. Es hat lange gedauert, bis mir ein Schreiner Arbeit gegeben hat. Zuerst musste ich Holz schleppen und die Hobelspäne zusammenfegen. Es war schwere Arbeit, aber ich verdiente irgendwann genug, um mir ein Zimmer zu mieten. Es war eine harte Zeit, denn ich war ganz allein.«

Gertrud sah ihn vor sich wie einen Fremden. Sie hatte von ihrer Mutter gehört, ihr Vater sei von einem Bauernhof gekommen, dort lebten Großvater und Großmutter und eine Schwester, ihre Tante. Später sei die Großmutter gestorben. Und dass der Vater studiert hatte, um Missionar zu werden, und dass der Großvater später Pakete geschickt hat, weil Friedrich so arm war und immer Hunger hatte, Pakete mit Wurst und Schinken und selbst gewebten Handtüchern.

»Lebt der Großvater noch?«

Der Mann fuhr aus seinen Gedanken auf.

»Natürlich. Wir werden ihn besuchen, wenn wir nach Hause kommen. Du und ich. Was hältst du davon?«

Gertrud wusste nicht so recht, was er gemeint hatte. Sie erinnerte sich an ein altes Foto in Bujora. Ihre Mutter hatte ihr erklärt, das wären Großmutter und Großvater.

Gertrud wurde müde.

Er ruderte weiter, beruhigt über die leichte Röte auf Gertruds Gesicht. Ihr ging es besser. Bald würden sie anlegen, denn der Tag ging zu Ende. Er beschloss noch eine halbe Stunde zu fahren, nahm die Ruder in die Hand und trieb das Boot kräftig voran.

13. Kurz vor Sonnenuntergang kam eine Anlegestelle in Sicht. Pfähle waren in den Boden gerammt, darüber lagen rohe schwarze Bretter, übersät mit Fischköpfen, Resten von Fangnetzen und Gräten, die von der Sonne gebleicht waren. Friedrich steuerte darauf zu und bekam bald einen scharfen Geruch in die Nase. Gertrud schlief. Bevor er sich auf den Weg machte, legte er seinen Hut ab und zog sein nasses Hemd über den Kopf. Er wusch es, so gut es ging, im Fluss, bis zu den Knien im Wasser. Gesicht, Hals und Arme waren zerstochen, aber er achtete nicht darauf. Die Wunden an seinen Knien heilten nicht, das offene Fleisch hatte eine weiße Färbung angenommen. Aber er sah keine Entzündung. Er würde sich behandeln lassen, sobald es ging.

Dann wrang er Hemd und Hose aus und zog sie wieder an, um sich vor den Mückenschwärmen zu schützen, die in der Dämmerung über ihn herfielen. Die Schwellung der linken Hand schien nicht schlimmer zu werden.

Das Bad hatte ihn erfrischt. Er nahm das Kind vorsichtig hoch, legte seinen Kopf an seine Schulter und griff nach dem Gewehr. Erst jetzt drang langsam in sein Bewusstsein, wie leicht er das Boot hätte verlieren können. Und das Kind.

Als er losging, um die Ansiedlung von Menschen zu

suchen, zitterten seine Knie vor Erschöpfung. Der Wald war hier licht und der Pfad oft benutzt. Hier lebten Fischer. Weil es dunkel wurde, schritt er schneller aus.

Sie schienen aus dem Nichts gekommen zu sein, so plötzlich stand er umringt von Schwarzen, die mit langen Speeren bewaffnet waren. Immer mehr halb nackte Männer drängten aus den Büschen. Schweigend betrachteten sich beide Seiten, ohne Feindseligkeit, aber mit neugierigem Erstaunen. Dieser Weiße sagte nichts und machte keine Anstalten, sein Gewehr zu benutzen. Ein verwilderter Mann, ein verwilderter weißer Mann mit nassen Kleidern und einem zarten Kind auf dem Arm, das tot war oder zu schlafen schien. Weiße Männer kamen nie alleine. Weiße Männer kamen mit Motorbooten und vielen Gewehren. Weiße Männer reisten nicht mit einem Einbaum und einem Kind auf den Armen.

Häuptling Kaguma trat näher und redete Ganse an. Dieser schien ihn nicht zu verstehen und sagte etwas in einer Sprache, die Kaguma und seine Leute nicht verstanden. Jetzt redeten sie alle durcheinander. Schließlich ließ Ganse sich von ihnen führen.

Er sah Lichter durch Bäume und Buschwerk. Kaguma schritt neben ihm. Der Lärm des Dorfes kam näher, dann betraten sie einen Platz. Er war unbewachsen, festgestampft und sauber gefegt. Er sah eine Feuerstelle, die sorgsam von Steinen begrenzt wurde. Die Flammen erleuchteten die Vorderfronten der Häuser, die aus Holz und Lehm gebaut waren, mit Stroh und Wellblech gedeckt. Einige Häuser hatten Fensterscheiben und sorgfältig gezimmerte Türen, wie Ganse sie bisher nur von europäischen Häusern oder Städten kannte. Einige der Häuser waren kunstvoll bemalt. Mit blauen, roten und schwarzen Farben waren Quadrate, gebogene Linien und fremdartige Ornamente angebracht, wie sie der Missionar nie zuvor gesehen hatte.

In was für ein Dorf war er gelangt?

Ihm blieb keine Zeit für Überlegungen. Der Mann neben ihm führte ihn zu einem großen einstöckigen Gebäude. Licht fiel aus den Fenstern. Geblendet von der Helligkeit einer Petroleumlampe trat er ein.

Er stand in einem einzigen großen Raum, ausgestattet mit zwei Tischen, Stühlen, einem Bücherregal, einem Schrank und einem Bett, das von einem bunten Tuch abgedeckt war. An den Wänden sah er Bilder, konnte aber Einzelheiten nicht erkennen. Der Boden war aus gestampftem Lehm, glatt und sauber gefegt.

Vom Tisch erhob sich eine junge Frau. Sie war hoch gewachsen und sorgfältig in ein großes Tuch gehüllt, das sie um Körper und Schultern geschlungen trug. Sie sprach selbstbewusst und sicher. Es war etwas Besonderes an dieser Frau, aber der Missionar wusste zunächst nicht, was es war. Sie fragte etwas und der Mann neben Ganse antwortete.

Sie trug eine Brille.

Sie ging wie selbstverständlich auf Ganse zu und nahm ihm das Kind vom Arm. Sie legte es auf das Bett, fühlte seine Stirn und rief dem wartenden Kaguma etwas zu. Der Schwarze verließ den Raum und kehrte mit zwei Frauen zurück, mit denen sie sich zu beraten schien. Friedrich sah, dass sie vorsichtig die Hahnenkralle aus Gertruds Hemd zog, und alle drei betrachteten sie eingehend. Sie schienen zu einem Entschluss gekommen zu sein, denn die Frau öffnete den Schrank und holte Bündel von Kräutern hervor. Männer schleppten einen eisernen Kessel mit dampfendem Wasser in den Raum und setzten ihn neben dem Bett ab, während die Frauen das Kind entkleideten und zu baden begannen.

Gertrud war aus einem tiefen dunklen Schlaf erwacht. Sie blickte in das Licht, in schwarze Frauengesichter und spürte warme Hände an ihrem Körper, dann das wohlige warme Wasser. Sie schloss die Augen, öffnete sie wieder, um sicher zu sein, dass sie nicht träumte. Sie lächelte …

Der Vater stand hilflos dabei und sah zu.

Sie kümmerten sich um sein Kind. Er fühlte eine Last von sich genommen.

Die Frau, die die Brille trug, trocknete Gertrud ab und rief den anderen Anweisungen zu. Dann wandte sie sich an Ganse, ohne ihre Arbeit zu unterbrechen.

»Wo kommen Sie her? Was tun sie hier im Wald?« Sie hatte Englisch gesprochen. Ganse glaubte, nicht recht gehört zu haben.

»Wir sind auf dem Weg zur Stadt. Das Kind ist krank, es muss bald ins Hospital. Ich habe ein Boot unten am Fluss und würde gern diese Nacht bei euch bleiben. Das Kind kann die Nacht nicht auf dem Fluss verbringen.«

»Wir werden es gut versorgen. Ihre Kleider sind nass. Was ist passiert?«

»Wir sind stecken geblieben. Ich musste ins Wasser, um das Boot anzuschieben.« Er erzählte von dem unglücklichen Ereignis.

»Wir nennen dieses Stück am Fluss die Grüne Hölle«, lachte sie, »das hätte leicht schief gehen können bei den vielen Krokodilen, die es da gibt.«

»Ich habe keine gesehen.«

»Da haben Sie Glück gehabt und können Gott dankbar sein, dass er ein Einsehen mit Ihnen hatte. Der Fluss wimmelt da oben von Krokodilen und Flusspferden und Wasserschlangen. Wer sind Sie?«

»Ich bin Missionar in Bujora, oben am Fluss, vier Tagesreisen von hier. Ich hoffe, dass ich morgen mit dem Kind das Hospital erreichen kann.«

»Sie können morgen bis zur Stadt kommen«, sagte sie und wickelte das Kind in ein weißes Tuch, das sie aus dem Schrank genommen hatte. Dann nahm sie aus einer Kalebasse eine braune Salbe und rieb sie auf Gertruds Brust. Sie tat dies sehr sorgfältig und sprach unaufhörlich in ihrer Sprache mit dem Kind. Es war, als stellte sie Fragen, als lachte sie mit ihm, als erzählte sie ihm heitere Geschichten. Sie hockte auf dem Boden, nahm schließlich die kleinen Hände und begann zu singen.

Sie sang ein englisches Kinderlied. Sie sang es fehlerfrei und ohne Akzent. Ihre Stimme war voll und tief und zärtlich. Er war zu überrascht, um Fragen zu stellen, und zu sehr von diesem Bild, der Frau und dem Kind, gefangen.

Gertrud hatte auf dem Rücken liegend zugehört.

»Woher kannst du das Lied? Ich habe es noch nie gehört«, fragte sie.

»Das hat mir meine Pflegemutter beigebracht. Und viele andere Lieder. Schöne Lieder.«

»Du warst in Europa?«

»Ich bin da geboren, aber hier in Afrika aufgewachsen. Und hier lebe ich jetzt, weißt du? Hier in Afrika, genau wie du.«

Frauen kamen herein und brachten Schüsseln mit dampfenden Speisen. Die Frau bettete den Kopf Gertruds auf ein Knie, damit er hoch lag und sie essen konnte, und war nur damit beschäftigt, Gertrud zu versorgen.

Ganse brannte darauf, Fragen zu stellen, aber Kaguma nahm ihn am Arm und führte ihn hinaus. Im Nachbarhaus, das kleiner war als das der schwarzen Frau und von Kerzen notdürftig beleuchtet wurde, hatten sie ihm eine alte Hose und ein Hemd bereitgelegt. Er zog sich um, dankbar für die trockene Kleidung. Dann führte ihn Kaguma an die Feuerstelle, wo die Männer saßen. Sie hatten die Speere in den Boden gesteckt. Auf Bananenblättern reichten sie ihm gekochte Jukkawurzeln und eine fetttriefende Fleischkeule. Er aß wie die anderen, sitzend auf einem Fell. Es roch nach Brand und Fleisch. Er sah die nassen Felle und die blutigen Köpfe der erlegten Tiere auf dem Rasen. Man würde alles das verwenden, so wusste er.

Aus dem nahe liegenden Wald hörte er das Konzert von tausenden Zikaden. Motten und Käfer umflatterten das Feuer. Der Lärm von vielleicht hundert Männern und Frauen umgab ihn, die sich an der Feuerstelle zu schaffen machten und zu besprechen schienen, was da für ein seltsamer Gast eingetroffen war.

Wie kam eine Frau, die eine europäische Sprache ohne jeden Akzent sprach, in diesen Ort im Dschungel?

Sie war an die Feuerstelle getreten und sah ihm beim Essen zu. Als er sich Fett und Essensreste von den Händen gewaschen hatte, gingen sie in ihr Haus. Sie stellte ihm einen Becher hin und goss ihm süßen Tee ein. Sie begann zu sprechen, leise, um das Kind nicht zu stören. Gertrud schlief auf dem Bett. Sie war sorgfältig zugedeckt, hatte den Kopf zur Seite geneigt und ihre kleinen Fäuste unter dem Kinn geballt. Ihre Haut sah rosig und gesund aus.

»Sicher wollen Sie wissen, wie es kommt, dass eine Afrikanerin ganz ordentlich Englisch spricht? Aber wir sollten vielleicht zuerst von Ihrem Mädchen sprechen. Von Ihrer Tochter, von Gertrud. So heißt sie doch? Sie hat eine schwere Infektion fast überstanden. Diese Krankheit verläuft meistens tödlich. Es gibt Medikamente, aber Sie wissen ja, die kommen selten in die Dörfer der Afrikaner. Unsere eigenen

Heiler sind meist machtlos gegen sie, weil sie sie erst erkennen, wenn sie schon weit fortgeschritten ist.

Sie waren gut beraten, in die Stadt aufzubrechen. Die Reise auf dem Fluss ist dem Kind gut bekommen. Sie haben alles richtig gemacht, sonst wäre sie schon für immer eingeschlafen. Sie sind ein guter Vater … Vielleicht«, sie zögerte mit einem Lächeln, »vielleicht sollten Sie sie tatsächlich im Hospital untersuchen lassen, aber sie ist nicht mehr in Gefahr, so viel ist sicher …«

»Sie hat sich seit der Abreise sehr verändert. Ihr ging es schlecht, verteufelt schlecht. Oft dachte ich, sie sei tot. Was meinen Sie damit, ich habe alles richtig gemacht?«

»Weil sie noch lebt, mehr weiß ich nicht. Vielleicht war es richtig, mit ihr auf die Reise zu gehen. Sicher war es richtig, ihr auf dem Fluss Geschichten zu erzählen. Es müssen schöne Geschichten gewesen sein, Ihre eigenen Geschichten. Das hat sie mir gesagt. Das war vielleicht das Wichtigste an dieser Reise, dass sie nicht allein war. Ihr Leben war wie eine verlöschende Flamme, müssen Sie wissen. Sie brauchte viel Liebe und Anteilnahme, um weiterzubrennen. Und schützende Hände. Sie haben sie am Leben gehalten.«

»Mit Geschichten sicher nicht …« Mit einem schiefen Lächeln sah er sie an.

»Nein, aber mit Ihrer Bereitschaft, mit ihr den Kampf aufzunehmen. Sie haben ihr gegeben, was sie brauchte. Vielleicht hat das kleines Mädchen ihren Vater noch nie so erlebt, so nahe, so liebevoll, so voller Sorge. Es gibt Augenblicke, da braucht man jemanden für sich allein. Wo ist die Mutter?«

»Sie ist gestorben, vor einigen Tagen. Als ich von einer Reise zurückkam, war sie tot und Gertrud todkrank. Da bin ich gleich losgefahren. Die Leute aus meinem Dorf hatten alles vorbereitet.«

Die Frau sah ihn scheu an. In ihrem Blick lagen Mitgefühl und Wärme.

»Das ist schlimm«, sagte sie leise.

Sie schwiegen.

»Sind Sie müde? Ich könnte das verstehen, nach dem Tag auf dem Fluss.«

Ganse wehrte ab. Er wollte mehr von Leben und Schicksal dieser Frau wissen. Es würde ihm gut tun, mit jemandem zu reden, nach dieser einsamen Zeit auf dem Strom.

Während sie sich mit dem Teegeschirr beschäftigte, zogen ihm wirre Gedanken durch den Kopf. Nein, er fühlte sich nicht schuldig, dass er in Bujora kaum Zeit für sein Kind gehabt hatte. Aber dieses Wesen, das da zwei Meter entfernt vor ihm lag und ruhig atmete, es gehörte jetzt auf eine ganz andere, neue Weise zu ihm … Es war schon auf dem Fluss anders gewesen als jemals zuvor.

Seltsame Gedanken waren das. Wie kam diese Frau dazu, so mit ihm zu sprechen?

Die Gedanken mischten sich in die Worte der schwarzen Frau, die jetzt mit ihm am Tisch saß und in ihrem Tee rührte.

»Eigentlich heiße ich Anna Brauckman, aber hier in Afrika würde sich das zu wunderlich anhören, meinen Sie nicht? Deshalb heiße ich hier Anima. Das ist so ähnlich wie Anna und gefällt mir genauso gut.

Meine Eltern leben nicht mehr, vermute ich. Aber ich weiß es nicht. Sie haben vielleicht davon gehört, dass bis zum Beginn des Ersten Weltkrieges in Europa Afrikaner und Menschen anderer Völker auf den Jahrmärkten gezeigt wurden. Manche gingen freiwillig, um Geld zu verdienen, andere wurden dazu gezwungen. Mein Vater, der aus diesem Dorf stammt, gehörte mit seinen vier Frauen zu einer solchen

Truppe von Afrikanern. Ich weiß nicht, ob er das gewollt hat oder nicht, das ändert auch nicht mehr viel.

Sie müssen durch ganz Europa gezogen sein. Wenn eine seiner Frauen ein Kind bekam, konnte sie es nicht mitnehmen. So hat mein Vater für jedes Kind, ich weiß nicht, wie viele es waren, eine Pflegefamilie gesucht. Offensichtlich guckte er sich die Leute, die sein kleines schwarzes Kind bekamen, gut an … Mehr konnte er für uns nicht tun.«

Sie hielt einen Augenblick lächelnd inne.

»Es muss für meine Mutter und meinen Vater nicht leicht gewesen sein, ihre Kinder wegzugeben. Aber sie hatten in der fremden Welt Europas keine andere Wahl.

Ich kam zu einem frommen Ehepaar Brauckman in Liverpool, das selbst keine Kinder haben konnte. Sie waren Missionare und standen kurz vor ihrer Abreise nach Tanganjika. Sie nahmen mich, ich war ja noch ein Säugling, mit auf die Reise. Ich habe bei ihnen im Norden des Landes gelebt, in der Nähe von Arusha, bis ich zwanzig Jahre alt war und eine Ausbildung als Krankenschwester abgeschlossen hatte.«

»Wo ist Ihr Vater geblieben?«

»Das weiß niemand und ich werde es wohl nie mehr erfahren. Die ganze Truppe ist vor Beginn des Krieges in Russland gewesen und dort in den Wirren von Krieg und Revolution umgekommen, wer weiß … Ich kann nicht mehr sagen, als dass er mit seinen Frauen nie nach Tanganjika zurückgekehrt ist.

Die Brauckmans waren gute Menschen, ich habe sie immer gern gehabt. Vielleicht sehe ich sie eines Tages wieder.«

»Warum sind Sie gerade in dieses Dorf gegangen?«

»Es war Heimweh. Ich spürte mehr und mehr, dass ich nicht wirklich zu den weißen Leuten gehörte, mit denen ich umging. Obwohl sie sehr nett zu mir waren, ich lebte bei ihnen wie ein eigenes Kind. Sie waren traurig, als ich ihnen sagte, dass ich fort wollte, und haben auf mich eingeredet, um mich zu halten. Aber da stand mein Entschluss schon fest. Meine Pflegeeltern hatten keine große Mühe herauszufinden, woher meine leiblichen Eltern stammten. Denn sie wussten den Namen meines Vaters und dass er aus Tanganjika stammte. In den Kolonialbüros von Dar es Salaam war alles verzeichnet.

Jetzt bin ich hier Lehrerin und Krankenschwester in einer Person.«

Anima sprach weiter und lenkte unmerklich das Gespräch auf ihn, wo er herkomme, wie er in Deutschland gelebt habe und warum er Missionar in Afrika geworden sei – und wie das denn sei, wenn sich man von Gott zu einem solchen Auftrag berufen fühle. Ganse begann stockend zu sprechen. Er war es nicht gewohnt, über sich selbst solche Auskünfte zu geben. Aber ihre Art, ihn anzusehen und vorsichtig nachzufragen, ermutigte ihn und löste seine anfängliche Ängstlichkeit.

Sie sprachen bis in die frühen Morgenstunden, bis Anima ihn ermahnte, er müsse noch ein paar Stunden schlafen, um bis zum Abend die Stadt zu erreichen.

Ganse ging in das Nebenhaus. Eine Kerze brannte. Seine eigenen Kleider lagen trocken und sorgfältig gefaltet auf dem Lager.

14.

Er hatte lange nicht auf einem richtigen Bett geschlafen. Als Anima im ersten Morgengrauen die Türe öffnete, wachte er auf und wusste nicht, wo er war. Nur langsam folgte der anbrechende Tag seinen Traumbildern.

Er zeigte ihr die verletzten Knie. Die Wunden eiterten nicht. Sie legte einen leichten Verband an, der ihn nicht behindern würde, und wollte wissen, wie es zu den Verletzungen gekommen war.

Sie mahnte zum Aufbruch. Der Dorfplatz war noch menschenleer, von der gegenüberliegenden Seite kam lautlos Kaguma über den Platz, ein Bündel in der Hand, und Ganses Gewehr.

Sie holten Gertrud. Sie war wach. Anima nahm sie an der Hand und vorsichtig setzte das Kind beide Füße auf die Erde. Sie stand. Friedrich hielt den Atem an, bereit, sie aufzufangen, wenn sie stürzen sollte, aber Anima ging mit ihr drei Schritte vom Bett und wieder zurück.

»Das ist genug für jetzt«, lachte sie und blickte auf den fassungslosen, noch ungläubigen Vater, »bald wird sie wieder auf den Beinen sein, glauben Sie mir. Am liebsten würde ich mitfahren in die Stadt, aber Sie werden mich nicht brauchen. Es ist ja nur noch eine Tagesreise. Werden Sie uns auf dem Rückweg besuchen?«

Ganse hatte noch nicht gewagt an die Rückfahrt zu denken.

Die Rückfahrt. Er würde sie kaum alleine schaffen. Mindestens fünfzehn Tage harter Ruderarbeit würde das bedeuten, wenn er keine Hilfe hatte. Und was würde er in Bujora antreffen? Ein Grab, ein leeres Haus, eine freundliche, aber noch unbekehrte und ungetaufte Gemeinschaft. Würde er dort wieder leben wollen? Er würde das irgendwann entscheiden müssen. Aber nicht jetzt.

Unbestimmt sagte er:

»Wenn wir den Fluss wieder hochfahren, werden wir Sie besuchen.«

Sie standen am Rande des Dorfes, blauer Rauch zog in den heller werdenden Himmel, aus den Häusern traten die Menschen, um in den Himmel zu sehen, sich an Bottichen zu waschen und zu räkeln oder Feuer anzufachen. Junge Männer machten sich fertig zur Jagd und prüften ihre Flinten und Speere. Gelächter. Jemand verschwand eilig in den Büschen. Frauen hockten in den Gemüsebeeten, einige mit Säuglingen auf dem Rücken. Der Tag begann.

Als Ganse sein Kind ins Boot gebettet hatte, drehte er sich noch einmal nach Anima und Kaguma um.

»Was hat es eigentlich mit dieser Hahnenkralle auf sich?«

Anima lachte.

»Das hätte ich mir denken können, dass ein Missionar danach fragt. Die Kralle hat eine sehr afrikanische Bedeutung. Ein Dorf hat dem anderen die Nachricht weitergeben, welche Krankheit sie behandelt haben. Die Krankheit heißt bei uns Hahnentod – weil die Menschen, die diese Krankheit haben, in sich zusammensinken wie ein krankes Huhn. Sie dämmern vor sich hin, schlafen viel, verweigern das Essen und verlieren die Verbindung zum Leben. Es ist dann sehr schwierig, ihnen Lebensmut zu machen. Als der Höhepunkt der Krise überschritten war, hat jemand zwei dicke Kerben eingeschnitzt. Das war sicher die Nacht, als man Ihnen und Gertrud das beruhigende Blau auf die Stirn gemalt hat.«

Sie lachte wieder.

»Einen ärztlichen Bericht konnten sie ja wohl schlecht mitschicken. Unsere Heiler können meist nicht schreiben, und die Leute nicht lesen.«

»Ich habe das alles für Zauberkram gehalten …«

»Na, vielleicht hat es ja mit Zauberei zu tun, wer weiß. In Afrika haben die Dinge immer mehrere Bedeutungen, das sollten Sie nach so vielen Jahren Afrika eigentlich wissen.«

Sie sah ihn bei ihren letzten Worten an, als wolle sie herausfinden, wie er darüber dachte. Aber Ganse schwieg verlegen.

»Haltet euch am rechten Ufer, so kommt ihr bei den Stromschnellen nicht in Gefahr. Die Strömung wird stärker werden, wenn gegen Mittag der Regen losbricht. Dann solltet ihr die Fahrt unterbrechen und unter einem Baum Schutz suchen. Wenn ihr wiederkommt, werden wir euch ein Fest ausrichten. Vergiss das nicht!«

Kaguma löste den Strick des Bootes. Friedrich Ganse hatte den Hut tief in sein Gesicht gezogen und sah auf den Fluss. Gertrud winkte, solange sie Anima und den Mann sehen konnte.

Der Morgen war kühl auf dem Wasser, die Ufer nur mit Büschen bewachsen, so dass sie eine weite Sicht hatten. Im Hintergrund sah Ganse die Berge, deren Gipfel im Morgennebel verborgen waren. Er dachte an die Stromschnellen und griff das Steuer fester.

Angesichts der mächtiger gewordenen Wassermassen vor

dem Bug fühlte er sich mit seinem Boot und dem Kind klein und verletzlich. Er fuhr, wie Anima geraten hatte, nahe am Südufer und hielt nach allen Veränderungen des Flusses Ausschau.

Gertrud saß aufrecht. Sie hatte die Palmzweige beiseite geschoben und beugte sich über das Wasser. Herabgefallene Blätter in allen Farben trieben eilig am Boot vorbei. Wenn ihre Haare herabfielen und das Wasser berührten, klebten sie einen Augenblick an ihnen, lösten sich wieder und wirbelten weiter.

Plötzlich begann sie zu sprechen.

»Als Mama sich nicht mehr bewegte und nicht mehr antwortete, bin ich ins Dorf gegangen und habe es den Leuten gesagt.«

»Ich weiß.«

»Zwei Frauen und der Zauberer sind mitgekommen. Sie haben mich sogleich ins Bett gelegt und mir zu trinken gegeben. Die eine der beiden Frauen ist die ganze Nacht bei mir geblieben und hat mit mir gesprochen und mir die Stirn mit einem Tuch abgewischt. Sie haben Gräser erhitzt und sie mir auf die Brust gelegt, immer wieder. Sie haben mir gesagt, dass Mama schläft, aber ich habe gewusst, dass sie tot ist. Draußen hat nachts eine Wache gestanden, jede Nacht. –

Dann habe ich immer nur auf dich gewartet und nach dir gefragt, und sie haben mich beruhigt. Bis du gekommen bist. Auch in der zweiten Nacht ist eine Frau bei mir geblieben. Ich war so froh, dass ich nicht allein war.«

Gegen Mittag begann es erst sanft zu regnen, dann immer heftiger.

»Werde ich noch in das Krankenhaus müssen, Papa?«

»Ich bin kein Doktor. Es ist besser, wenn sie dich untersuchen. Du bist sehr krank gewesen und ich weiß nicht, ob es dir schon wirklich wieder gut geht.«

In diesem Augenblick fiel ihm mit Schrecken ein, dass er kein Geld hatte. In der Stadt kannte er niemanden, der ihm etwas leihen könnte. Er richtete sich auf, seine Tochter sah das Erschrecken in seinen Augen.

»Was ist passiert, Papa?«

»Ach nichts.« Die plötzliche Besorgnis rührte ganz langsam und ohne sein Zutun etwas anderes in ihm an und nahm ihn in Besitz.

Ganse blickte auf seine Tochter, schwieg lange mit leicht geöffnetem Mund, der sich zu einem Lächeln verzog.

»Ach nichts. Mir ist nur eingefallen, dass man in einem europäischen Hospital Geld braucht. Und ich habe keins dabei. Ich habe alles in Bujora gelassen.«

Sie blickte ratlos und besorgt auf ihren Vater. Er hatte das Steuer losgelassen, war aufgestanden und stand jetzt breitbeinig im Boot. Mit einer theatralischen Geste zeigte er seine leeren Hosentaschen und begann zu lachen. Er zeigte seine leeren Hände vor und lachte noch mehr. Es war ein unbekanntes rauhes Lachen, das da in ihm aufstieg. Dann zog er den Hut vom Kopf und klopfte ihn aus.

»Leer!« Er schrie es in den Regen: »Leere Taschen, ein leerer Hut, leere Hände … Wie die Vögel unter dem Himmel …! Und wir beide treiben auf diesem Fluss in Afrika irgendwohin …! Was kann uns noch geschehen …?« Er hob die Fäuste und schüttelte sie, wie er es tat, wenn er leidenschaftlich predigte, immer noch erfüllt von diesem rauhen Lachen, hob das Gesicht zum Himmel, den Mund weit geöffnet, und gebärdete sich wild und ausgelassen …

Plötzlich hielt er inne, ging auf die Knie, kroch zu Gertrud und nahm sie in die Arme. Er hatte Sorge, dass er sie mit seinem plötzlichen Ausbruch erschreckt hatte. Als er ihre warme Haut und ihre Haare an Gesicht und Händen spürte und ihren Geruch wahrnahm, als sei dies der Geruch des Himmels, wollte er weinen. Lange hockten sie da schweigend im Boot, der Mann und das Kind, das seinen struppigen Kopf streichelte.

»Du warst sehr glücklich, gerade«, sagte sie leise. »Mit einem solchen Gesicht habe ich dich vorher noch nie gesehen.«

Er schwieg.

»Man ist nicht oft im Leben so glücklich«, sagte er schließlich und blickte besorgt in den dunkler werdenden Himmel, »und manchmal weiß man erst hinterher, dass man glücklich war. Dann hat man immer noch die Erinnerung.«

»Warst du es früher schon einmal?«

Er schwieg, löste ganz vorsichtig seinen Kopf aus ihrem Arm und sah auf das Wasser.

»Meine glücklichen Augenblicke waren immer sehr einfach, musst du wissen ...« Er lächelte unsicher. Er dachte an die Freundschaft mit Usimbi, dem König, die ihn glücklich gemacht hatte, und das hatte nichts damit zu tun, dass Usimbi ein König war. An Augenblicke der Kindheit dachte er, Szenen, Bilder und Gerüche, die aus der Vergangenheit vor ihm aufstiegen.

Dann erinnerte er sich an jene Stunde vor Sonnenuntergang, als er in Genua auf dem Dach des Deutschen Seemannsheims Volkslieder auf der Trompete geblasen hatte. Die Italiener waren auf der Straße stehen geblieben und hatten nach jedem Lied geklatscht und ihm Beifall zugerufen. Eine große Menschenmenge hatte sich schon gesammelt, als er seine liebste Melodie »Der Mond ist aufgegangen« spielte. Ihm waren ein paar Tränen übers Gesicht gelaufen. Er sah in

Erinnerung daran wieder den Campo Santo zu seinen Füßen, die knorrigen Olivenbäume, die Steineichen und das goldene Meer. Glück hat, wenn man es genau betrachtet, immer mit anderen Menschen zu tun, dachte er, und nicht mit den Träumen, die man seiner heimlichen Sehnsucht hinterherschickt.

Er stand schweigend auf, ging zu seiner Bank und nahm die Ruder. Er sah seine Tochter nicht an und war zufrieden, dass sie jetzt nicht weiterfragte.

Ein heftig anschwellendes Rauschen ließ sie aufschrecken. An der nördlichen Seite des Flusses strömte das Wasser über Felsen und Gestein. Die Stromschnellen. Ganse hielt das Boot in Ufernähe. Hier würde nichts passieren, hoffte er. Noch vier oder fünf Stunden, dann würden sie die Stadt erreicht haben. Jetzt brach der Regen stürmisch und mit peitschenden Wogen über sie herein.

Der Sturm war ohne Vorwarnung gekommen und trieb Regenmassen vor sich hin. Es war, als gälte es, einen unbändigen Zorn auszuregnen, begleitet von zornigen Wirbeln, die das Wasser des Stroms aufrührten und immer neue Schwaden auf das Boot warfen.

Ganse lenkte näher ans Ufer, suchte einen schützenden Baum. Unmöglich, hier an Land zu gehen. Er war schon völlig durchnässt. Er warf den nassen Hut Gertrud zu und schrie, sie solle ihn aufsetzen. Sie verbarg sich unter dem nassen, aber dichten Filz.

Er fand eine geeignete Stelle, die ein wenig Schutz bot. Es war fast dunkel unter dem dicht herabhängenden Geäst. Er band das Boot an einen der unteren Äste, hockte sich neben Gertrud und versuchte sie mit Körper und Armen vor dem Regen zu schützen. Er zog den Strohkoffer zu sich und barg ihn unter ihren Körpern, damit sie vielleicht später trockene Kleider haben würden. Der Regen trommelte so dicht auf den Fluss, dass er übersät war mit kleinen aufspritzenden Fontänen und sie das gegenüberliegende Ufer nicht sahen. Der Fluss zerrte am Boot, der Ast bog sich weit über das Wasser. Aber er hielt stand. Sie mussten schreien, um sich zu hören, denn Wind und Regen waren ein einziges dröhnendes Konzert. Sie froren in ihren nassen Kleidern und hielten sich eng umschlungen.

Der Sturm ging so plötzlich, wie er gekommen war. Die beiden reckten sich und sahen an sich herab.

Gertrud zog ihr Hemd über den Kopf und der Vater wrang es aus. Im Boot stand das Wasser knöchelhoch. Er nahm eine Kalebasse und begann es auszuschöpfen. Die Sonne kam hervor. Sie waren ausgelassen und guter Dinge und beschlossen an diesem grünen Ort ihre Mittagsmahlzeit einzunehmen.

Gertrud nahm sich vor, diese halbe Stunde Regen nie in ihrem Leben zu vergessen. Und sie grübelte, wie sie das anstellen sollte.

15. Sie sah ihn aus den Augenwinkeln an. Das Gesicht des Vaters war heiter, obwohl er nicht lachte, sondern starr auf den Fluss blickte. Die Kleider trockneten schnell. Die Wärme löste beide aus ihrer Erstarrung, sie war erleichtert, dass ihr Vater immer noch heiter aussah und dass sie weiterfuhren und die Sonne schien.

Lange wagte sie nicht ihn etwas zu fragen. Aber sie konnte es nicht aufschieben und nahm ihren Mut zusammen.

»Hörst du mich, Papa?«

Er schien einen Augenblick lang nicht zu wissen, wo er war. Dann lächelte er.

»Was ist?«

»Ich will dich was fragen.«

»Also los, was gibt's?«

»Werden wir nach Bujora zurückkehren?«

Er schwieg lange und blickte nicht auf. Schließlich sagte er:

»Ich weiß es nicht. Wir werden es entscheiden, wenn du gesund bist, ganz gesund.«

Sie war nicht zufrieden mit seiner Antwort.

»Wo sollen wir sonst hin? Zu Großvater?«

»Wir werden ihn eines Tages besuchen, das ist mal sicher.

Aber ich bin kein Bauer mehr und wir können da nicht bleiben.«

»Warum bist du kein Bauer mehr?«

»Weil ich jetzt einen anderen Beruf habe. Ich bin Lehrer und Missionar, das weißt du doch!«

»Aber ist man deshalb kein Bauer mehr?«

»Doch. Irgendwie schon. Aber um Bauer zu sein, braucht man einen Bauernhof. Auf unserem Hof lebt jetzt Tante Cornelia mit ihrem Mann, Onkel Mathias. Da können wir Besuche machen, so oft wir wollen. Du kannst bei ihnen, wenn du willst, alles lernen, was eine Bäuerin wissen muss. Oder wir helfen in der Ernte. Aber arbeiten kann ich da nicht mehr für immer.«

»Also fahren wir nach Bujora zurück!«

»Vielleicht ja.«

Er wusste nichts über die Zukunft. Es war nicht so, dass der Gedanke ihn ängstigte, aber er wollte diese Sache hinter sich bringen. Alles andere war etwas, das erst nach dieser Reise beginnen würde. Er wusste in seinem Innern, dass es ein anderes Leben sein würde. Was sich wirklich verändert hatte, hätte er nicht sagen können, denn zu viel war in diesen Tagen auf dem Strom geschehen.

»Wir werden darüber sprechen, wenn du im Hospital untersucht worden bist. Gott wird wissen, wohin er uns führt.«

Gertrud war aus einem Grund, sie wusste nicht warum, unzufrieden, aber sie gab Ruhe und ließ ihre Hand im Wasser treiben. Sie wollte nach Bujora zurück. Wie würde es sein, mit ihrem Vater dort allein zu leben? Sie wollte auch den Großvater besuchen, um zu wissen, wie es war, mit dem eigenen Großvater und dem Hund Wasser bei den kleinen Birken zu sitzen. Vielleicht stand das kleine Strohhaus noch …

Auf Hügeln tauchten die ersten Hütten und Häuser auf, beschattet von großen Palmen, Akazien, Bunyans, Eukalyptus- und Mangobäumen. Ein Gefühl der Zufriedenheit wuchs in seinem Innern, wurde stärker und stärker. Er hatte es geschafft, er hatte sein Kind lebend und heil in die Stadt gebracht. War das die große Tat, von der er seine ganze Jugend lang heimlich geträumt hatte? Er fühlte sich nicht wie ein Held, aber er spürte, dass er dem Leben nie so nahe gewesen war wie in den vergangenen Tagen.

Ein anderer Gedanke ließ ihn, während er langsam an den Häusern mit den rostigen Dächern vorbeitrieb, nicht los. Er musste mit dem Kind über den Tod seiner Mutter sprechen. Wie spricht man mit einem Kind über den Tod? Was konnte er ihm erklären? Seine Gedanken gingen in die Vergangenheit. Eva war nie glücklich gewesen in Afrika. Bujora war ein einsamer Ort für eine Frau, die Menschen und Gesellschaft um sich haben wollte. Die nächsten Missionare lebten eine Tagesreise entfernt. Ihre Einsamkeit hatte ihn mehr und mehr bedrückt. Eva war bei ihm geblieben, weil sie ihn liebte, aber glücklich war sie nicht. Was hätte er für sie tun können? Das waren ja nicht seine einzigen Sorgen gewesen …

Gertrud riss ihn aus seinen Gedanken.

»Mama hat gesagt, dass du oft traurig bist. Weil sich die Leute von Bujora nicht taufen lassen wollen …«

»Das hat sie dir gesagt?«

»Das hat sie einmal gesagt. Stimmt das, dass du deswegen traurig bist?«

Wie konnte er das dem Kind erklären?

»Das ist jetzt nicht mehr so wichtig. Ich bin nicht mehr traurig darüber.«

Es hatte eine Zeit gegeben, da hatte er gegrübelt, er sei

vielleicht ein schlechter Missionar, schlechter als andere, die so viele schon getauft haben. Aber das war vorbei.

Das Kind sah ihn fragend an.

»Taufen«, fuhr er verlegen fort, »taufen ist vielleicht nicht so wichtig, wie ich immer gedacht habe. Das kommt schon ganz von alleine, wenn alles seine Richtigkeit hat. Anderes ist wichtiger ...«

Er würde dem Kind nicht erklären können, was Anima ihm in jener Nacht so leichthin, aber doch sehr ernst, gesagt hatte: Es läge ja gar nicht in seiner Hand. Dass er ein guter Nachbar war, das sei seine Sache. Dass er mit den Leuten von Bujora zur Jagd gegangen war, wenn Leoparden und Schlangen gefährlich wurden, das sei seine Sache. Den Kindern und Erwachsenen Unterricht geben, nach ihren Krankheiten sehen, da zu sein, wenn der Dorfrat ihn brauchte, vielleicht sogar predigen. Das sei seine Sache. Mehr könne er nicht tun. Wenn er an Gott glaube, dann solle er damit zufrieden sein, seine Sache gut zu machen.

Er war froh, dass Gertrud nicht weiterfragte. Ein schiefes Lächeln erschien auf seinem Gesicht, aber es lächelten auch seine Augen.

»Ich solle den Leuten von Bujora zeigen, wie man gute Ziegel brennt und einen guten Schnaps, und wie man stabile Häuser baut und besser nicht immer an das Taufen denken, hat Anima gesagt. Sicher hat sie Recht damit ...«

Er lachte verlegen vor sich hin und schielte zu seiner Tochter hinüber. Ganse hatte, ganz beherrscht von der Erinnerung an die Gespräche mit der schwarzen Frau, vergessen, dass er mit ihr über den Tod Evas sprechen wollte.

Sie schwiegen. Was hatte er alles geredet in jener Nacht? Sie hatte nur wenig gefragt, diese Frau. Er aber hatte nach anfänglichem Zögern erzählt, in einfachen Worten von seinen Erinnerungen an den heimatlichen Hof, von seinen nie verstummenden Zweifeln, ob er, der Sohn eines armen Bauern, auch der Richtige sei für die große Aufgabe, die Heiden in Afrika zu bekehren – und sie hatte, als er ging, mit beiden Händen sein Gesicht gestreichelt und ihm nur gesagt:

»Wo solltest du sonst richtiger sein, wenn nicht hier an diesem Ort?«

Gertrud betrachtete den nachdenklichen Mann im Profil. Die Krempe des alten Hutes verdeckte die Stirn, er hatte beide Hände um die Ruder gelegt und suchte mit den Augen das Ufer ab. Er ist ein schöner Mann, dachte sie und war stolz.

Das Ufer war mit Holzpfählen befestigt, die in die Erde gerammt waren. Hier lagen kleine Kähne und breite Segelboote, Frachtschiffe voller Säcke, Kokosnüssen und grünen Bananen, die entladen wurden. Die Träger hatten Säcke gestülpt und zum Schutz über Stirn und Rücken gelegt und schleppten Frachten in die Lagerhäuser. Die Kontore und Wohnhäuser waren mit Wellblech gedeckt, überall ragten Palmen aus dem rostigen Meer der Dächer.

Ganse stand im langsam treibenden Boot und suchte mit den Augen die britische Flagge, um in der Kommandantur der Engländer Erkundigungen nach dem Hospital einzuholen. Sie sollte direkt im Hafen sein, hatte ihm Goldschmitt gesagt, er könne sie gar nicht verfehlen. Aber er konnte sie nicht finden. So beschloss er anzulegen, lenkte sein Boot an den Landungssteg und befestigte es.

Er nahm sein Gewehr, den Strohkoffer und wollte Gertrud auf seinen Arm nehmen. Sie bestand darauf, sie könne jetzt alleine gehen. Er half ihr an Land. Sie stand, noch unsicher, vor ihm, nahm seine Hand und setzte einen Fuß vor den anderen. Mit jedem Schritt wurde sie sicherer.

Sie gingen langsam und vorsichtig durch eine belebte Straße. Mit Brennholz und Säcken beladene Esel, Kühe mit großen Höckern und Herden von Ziegen trabten durch Staub und Abfälle an den niedrigen Holzgebäuden und Verkaufsständen vorbei. Überall waren Händler, die vor ihren Geschäften oder auf Tischen ihre Waren anpriesen und in dem bärtigen Weißen mit dem blonden Kind einen guten Kunden vermuteten.

»Wir haben kein Geld«, rief Gertrud auf Kisuaheli einem besonders hartnäckigen Händler zu. Der lachte verständnislos. So etwas gab es nicht: Weiße ohne Geld.

An einem Marktplatz lenkte ein grün gestrichenes Handelshaus ihre Aufmerksamkeit auf sich. Ein indischer Händler stand in der Tür. Ganse beschloss ihn anzusprechen und nach dem Hospital zu fragen.

Der Mann verbeugte sich und lud sie ein Platz zu nehmen. Sie betraten eine luftige, mit Fliesen ausgelegte Halle und setzten sich in den Schatten auf Korbstühle. Der Inder klatschte in die Hände und sofort erschien ein Diener mit kühlen Getränken. Hier war der Lärm von der Straße nur gedämpft zu hören, aber die fauligen und süßen Gerüche von Abfall, Gewürzen und Obst drangen in jeden Winkel. An der Decke drehte sich ein Ventilator und bewegte die süßliche Luft.

Der Inder, der sich mit dem Namen Pronab vorgestellt hatte, griff nach einer Kiste Zigarren und bot Friedrich Ganse an sich zu bedienen.

»Verzeihen Sie bitte. Wir sind auf dem Weg zum Hospital. Mein Kind ist krank und ich würde es gern noch heute dorthin bringen. Wo finden wir es?«

Der Inder sah ihn bedauernd an, in seinem Schaukelstuhl langsam vor und zurück schaukelnd.

»Das Hospital«, lächelte er nachsichtig, »das europäische Hospital, meinen Sie? Ja, lieber Herr, da muss ich Ihnen sagen, dass es vor wenigen Tagen geschlossen worden ist. Die Ärzte und Krankenschwestern sind in die Hauptstadt abgereist. Weil die Kolonialverwaltung verlegt worden ist. Vielleicht ist auch kein Geld mehr da gewesen, oder es gab hier keine Kranken mehr, oder ihnen waren andere Kranke wichtiger, oder die afrikanischen Heiler haben es besser gemacht. Die Entscheidungen der Engländer sind nicht immer leicht zu begreifen, lieber Herr! Sehr bedauerlich, sehr bedauerlich!«

Er wartete keine Antwort ab, klatschte in die Hände und befahl man möge Essen zubereiten, man habe wichtige Gäste zu Besuch.

Ganse glaubte zunächst an einen Scherz. Aber dieser Mann sah nicht aus, als würde er Fremde mit schlechten Scherzen behelligen. Was sollte er nun machen?

Der indische Händler erhob sich und reichte ihm die Hand. Es sei ihm eine Ehre, sie zu beherbergen, sagte er dabei, solange sie es wünschten. Da nun schon das Hospital geschlossen sei, sollten sie sich doch keine Sorgen machen, sie hätten in seinem Hause ein gutes Dach über dem Kopf und alles, was er in aller Bescheidenheit anzubieten habe. Sie sollten nur darüber verfügen.

»Mein Kind braucht einen Arzt«, drängte der Missionar, nachdem er dem Inder gedankt hatte.

»Einen Arzt werden wir finden«, er klatschte in die Hände und befahl einem der Diener etwas auf Kisuaheli.

»Er wird bald hier sein, machen Sie sich keine Sorgen, es ist ein guter Arzt. Aber – leider, leider – kein Europäer. Damit kann ich – leider, leider – nicht dienen.« Er lächelte, als sei ihm die Ironie seiner Worte bewusst.

Gertrud aß allein. Sie duldete nicht, dass jemand sie fütterte. Der Inder unterhielt sie mit einem unendlichen Redestrom von Klatschgeschichten der Weißen und Inder und Afrikaner, unterbrach sich dann plötzlich und sah Ganse an:

»Sind Sie nicht vielleicht der Missionar, der die Engländer in Kigoma rumgekriegt hat, einen Schwarzen laufen zu lassen? Da war doch die Geschichte mit einer heruntergerissenen Flagge. Und einem Neger, der den Briten ein paar passende Frechheiten gesagt hat …«

Ganse war verlegen.

»Ja, ich habe wohl mit den Engländern darüber gesprochen, das ist richtig. König Usimbi hatte mich darum gebeten«, er hüstelte, »ich weiß nicht, ob es was genutzt hat.«

»Und ob!«, der Inder schlug sich auf die Schenkel. »Wahrscheinlich haben Sie dem frechen Kerl das Leben gerettet. Alle Welt hier am Fluss redet darüber und Sie wissen es nicht …!«

Friedrichs Gesicht zeigte weder Befriedigung noch sonst irgendeine Regung. Es war eine Geschichte aus einer Zeit, die lang zurücklag. Er hatte sich in den fünf Tagen auf dem Fluss kaum daran erinnert.

Das Gespräch wurde unterbrochen. Ein junger Mann mit einer großen Tasche trat ein. Er war unendlich dürr und hatte nervöse, schlotternde Bewegungen. Er trug einen europäischen Tropenanzug und einen weißen Turban über seinem braunen Gesicht. Er ging ein paar Mal im Eingang auf und ab, schnippte seine Zigarette auf die Straße und kam eilig an ihren Tisch. Er nickte leicht und zeigte auf das Kind.

»Ist sie das?«

Ohne eine Antwort abzuwarten, kniete er neben Gertruds Stuhl. Er griff die Schnur an Gertruds Hals, zog die Hahnenkralle hervor und betrachtete sie lange, bevor er sie achtlos beiseite warf. Dann nahm er ihr Gesicht in eine Hand, hob ihre Augenbrauen und betrachtete ihre Pupillen. Er murmelte etwas, stellte das Kind auf die Beine, klopfte an die Knie, ließ sie sich setzen und holte ein Stethoskop aus der Tasche. Er horchte an Rücken und Brust, warf achtlos das Gerät in seine Tasche, stand auf und ging hastig auf und ab. Ohne sich an irgendjemanden besonders zu wenden, sprach er vor sich hin.

»Hat eine schlimme Infektion gehabt, meist tödlich, ja – afrikanischer Hahnentod oder so was. Schlimm. Geben Sie ihr dies, zur Stärkung.« Er griff in seine Jackentasche und warf ein Fläschchen mit Pillen auf den Tisch. »Sie braucht mich jedenfalls jetzt nicht mehr.«

Ohne sich um den Hausherrn oder Friedrich zu kümmern, nahm er seine Tasche, zündete eine neue Zigarette an und ging. Die beiden Männer und Gertrud mussten unwillkürlich lachen, als er ihren Blicken entschwunden war.

»So ist er immer. Er benimmt sich sehr englisch, er hat in England studiert. Vertrauen Sie ihm, er ist ein guter Arzt, der Beste, den wir hier haben.«

Es wurde dunkel. Gertruds Kopf fiel vor Müdigkeit auf die weiße Tischdecke. Ganse nahm sie auf den Arm und trug sie mit sich. Der Diener zeigte ihnen das Gastzimmer. Ganse schlief fast sofort ein, dicht an Gertrud geschmiegt.

16. Als er erwachte, war es hell und er hörte den gedämpfen Lärm der Straße. Er streckte eine Hand nach Gertrud aus, aber ihr Lager war leer. Als er aufstand, glaubte er jeden Muskel seines Körpers schmerzhaft zu spüren, so als sei er einer Folter entronnen.

Auf dem Hof fand er eine Tonne mit frischem Wasser und wusch sich Gesicht, Oberkörper und Arme. Er benutzte die Seife wie eine Kostbarkeit, die er lange hatte entbehren müssen, und sah, wie sich das Wasser von seinem Schmutz verfärbte. Mit den nassen Händen fuhr er sich durch die verwilderten Haare und kämmte sie, so gut es ging, mit den Fingern. Er war versucht, das Rasiermesser zu benutzen, das am Fenster hing, aber er unterließ es. Dann ging er zur Straßenseite des Hauses und suchte seine Tochter und den Hausherrn. Durch die Räume des Hauses zog frische kühle Luft und er fühlte sich wohl.

Der Inder stand mit verschränkten Armen in der Tür und schaute einem Gaukler zu, der auf der Straße mit einem Esel, einem Hund und einer Katze Kunststücke vorführte. Der Hund sprang auf den Rücken des Esels, aber die Katze weigerte sich beharrlich, auf den Hund zu steigen. Der Dompteur redete ihr gut zu, aber sie fauchte wild, sprang auf die Schulter des Mannes, buckelte und sprang auf den Boden, um Esel und Hund noch einmal hochmütig ihre Verachtung zu zeigen. Der Mann versuchte verzweifelt sie auf den Rücken des Hundes zu bugsieren. Es war vergebliche Mühe. Die Afrikaner, die sich eingefunden hatten, lachten und beklatschten die seltsame, ein wenig missglückte Dressurnummer.

Mitten im Menschengewühl, in einer vorderen Reihe, erkannte Friedrich Ganse sein Kind. Er sah den blonden Kopf Gertruds und ihr vor Begeisterung gerötetes Gesicht.

»Wie eine weiße Möwe unter vielen Krähen«, sagte der Inder, »sie hat schon mit mir gefrühstückt. Toast, Rührei mit Speck, Käse, Konfitüre aus England und heißen Tee. Wie richtige Engländer haben wir gefrühstückt. – Sie hat sehr ernst mit mir gesprochen, hat verlangt, man solle Sie nicht wecken. Sie hätten schwere Tage hinter sich, hat sie gesagt. Es sei alles sehr anstrengend gewesen. – Ja, Sie haben da ein besonderes Kind, es ist ein Kind und doch schon erwachsener, als viele Erwachsene jemals sein werden. Vielleicht hat die Krankheit das bewirkt, wer weiß? Man sagt ja, dass kranke Kinder sehr ernst werden und viel mehr verstehen, als wir ahnen. Aber jetzt ist es ganz gesund. Darauf können Sie sich verlassen.«

Der Esel begann mit seinen hinteren Hufen auszuschlagen, die Menschen brachten sich erschreckt in Sicherheit. Die Katze saß mittlerweile auf dem Rand des Daches und räkelte sich in der Sonne. Auch dem Hund war die missglückte Vorstellung zu dumm geworden. Vielleicht hatte ihn das Krächzen der Papageien von seinen Aufgaben abgelenkt, die hoch in den Bäumen auf das Geschehen herunterschimpften. Pflichtvergessen sprang er auf die Erde, hob das Bein an einer Hausecke und verschwand.

Zu dieser Geschichte

Die Geschichte von der seltsamen Reise des Afrika-Missionars Friedrich Ganse mit seiner Tochter Gertrud hat vielleicht nicht so stattgefunden, wie sie hier erzählt ist. Auch die Orte der Handlung sind erfundene Orte, aber Bujora, Bukindo, Kigoma, der Tanganjikasee und große Flüsse findet man leicht auf jeder Karte von Tansania.

Einige der Ereignisse sind nicht erfunden und einige Personen haben wirklich gelebt. Die Geschichte von Anna und ihrem Vater, der Mitglied der Kolonialschau war und später in Russland verschollen ist, hat der Autor von ihr selbst erfahren. Sie kehrte in ihr Dorf zurück, um mit ihren Leuten zu leben.

Auch König Usimbi (auch Lusimbi genannt) hat gelebt und musste sich nach dem Ereignis der Flaggenbeleidigung mit den Engländern auseinander setzen. Es ging um Leben und Tod.

Herr Goldschmitt hieß in Wirklichkeit Friedrich Kirschstein. Mit seiner schwarzen Frau hatte er acht Kinder. Alle haben deutsche Vornamen. Wer einmal das alte Buch »Ins Innerste Afrikas« des Herzogs von Mecklenburg in die Hand bekommt, kann dort ein Foto des Geologen Kirschstein betrachten. Adolf, sein jüngster Sohn, der in dieser Geschichte die Glaskugel mit Tabletten heranschleppt, lebt heute am Victoriasee am

Rande der Serengeti als Großwildjäger und hat über dreißig Kinder. Er sieht seinem deutschen Vater sehr ähnlich, hat aber eine etwas dunklere Haut. Frau Kirschstein, seine afrikanische Mutter, wurde über hundert Jahre alt und starb erst in den 80er Jahren in Sambia.

Wilfred Thesiger

Die Brunnen der Wüste

Mit den Beduinen durch das unbekannte Arabien. Aus dem Englischen von Peter Stadelmayer. 357 Seiten mit 25 Abbildungen und 2 Karten. Serie Piper

»Wer heute nach dem Leben suchen wollte, das ich in der arabischen Wüste geführt habe, wird es nicht finden; denn nach mir kamen die Ingenieure und die Ölsucher. Heute ist die Wüste, durch die ich reiste, von den Spuren der Lastkraftwagen gekerbt und von den Abfällen der Importe aus Europa und Amerika übersät«, schreibt Thesiger im Vorwort seines fesselnden Expeditionsberichts. In den Jahren 1947 bis 1950 hatte er sich den Wunsch seines Lebens erfüllt: Er durchquerte die Wüste Rub al Khali in Saudi-Arabien, das »Leere Viertel«, und lebte mit den Beduinen. Was er über diese unberührte Welt des Schweigens, die es heute so nicht mehr gibt, aufgezeichnet hat, ist ein bedeutendes Dokument.

05/1067/01/L

Perlen Afrikas

Das neue Afrikanissimo-Lesebuch

Herausgegeben von Ruth Kumpmann und Peter Ripken. 174 Seiten. Serie Piper

Afrika ist ein Kontinent voller Geschichten – da gibt es den weisen Alten, der den jungen Menschen im Dorf von den Vorfahren erzählt, den Griot, der die Herrschenden besingt und verspottet, und die kluge Frau, die witzig und selbstbewußt von starken Frauen zu erzählen weiß. Noch heute verbinden viele mit dem zweitgrößten Kontinent der Erde die Exotik von Maskentänzern und Geisterbeschwörern einerseits und Katastrophen, Armut und Gewalt andererseits. In dieser Sammlung zeitgenössischer afrikanischer Literatur zeigt sich Afrika in einem neuen Licht: Die Geschichten sind so vielfältig wie der Kontinent, dem sie entstammen – geheimnisvoll und vergnüglich, verspielt und raffiniert, spannend und gefühlvoll. Ein Buch, das den Blick für die Widersprüche und Schönheiten dieses Kontinents öffnet.

05/1075/01/R

SERIE PIPER

Bettina Selby

Timbuktu!

Eine Frau in Schwarzafrika allein mit dem Fahrrad unterwegs. Aus dem Englischen von Jürg Wahlen. 285 Seiten mit 21 Farbfotos von Bettina Selby. Serie Piper

Mit ihrem roten Fahrrad bricht die Autorin auf, um ein Stück Schwarzafrika – von Niamey bis Timbuktu – zu erkunden: vorbei an Lehmhütten und Reisfeldern, durch die Wüste und durch den Urwald, immer entlang dem Niger. Auf ihrem abenteuerlichen und strapaziösen Weg, den sie mit erfrischender Selbstironie schildert, erlebt sie Menschen und Landschaft in einer Unmittelbarkeit, wie sie nur die Reisegeschwindigkeit des Fahrrads erlaubt. Sie stößt auf verloren geglaubte Kulturen und liefert Momentaufnahmen einer fernen Welt, die vom Untergang bedroht ist.

05/1063/01/L

Bettina Selby

Ah Agala!

Mit dem Fahrrad durch Afrika. Aus dem Englischen von Jürg Wahlen. 338 Seiten mit 19 farbigen Abbildungen und 4 Karten. Serie Piper

Was für Ideen hat man in der Ägyptischen Abteilung des Britischen Museums? Natürlich – eine Radtour durch Afrika. Zugegeben, daran denkt nicht jeder als erstes, aber so begann tatsächlich Bettina Selbys Tour durch die Wüste. Auf den Spuren der großen Afrikaforscher wollte die Britin am Nil entlangfahren, eine Strecke von 7000 Kilometern: durch den Sudan, an den Seen im Ostafrikanischen Graben vorbei, über das geheimnisvolle Mondgebirge bis zur Quelle des Nil mitten in Uganda. Ausgerüstet mit einem Spezialfahrrad, einer kleinen Apotheke, Trinkwasserfilter und einem Antihundespray tritt sie fünf Monate lang in die Pedale. Ihre Erlebnisse schrieb sie auf in einem spannenden, selbstironischen, nicht nur für Fahrrad-Begeisterte lesenswerten Buch.

05/1064/01/R

Lieve Joris

Mali Blues

Ein afrikanisches Tagebuch. Aus dem Niederländischen von Ira Wilhelm und Jaap Grave. 313 Seiten. SP 2977

Was macht Lieve Joris' Erzählungen über fremde Länder so besonders berührend? Sie *lebt* mit den Menschen an den Orten, bevor sie über sie schreibt. Die Afrikaner, die sie auf ihren Reisen trifft, sind Überlebenskünstler, die Zauberei, Tradition und Moderne zu vereinbaren wissen. Der politischen Unfähigkeit ihrer Regierungen bewußt, nehmen sie mit Mut und viel Humor ihr Leben selbst in die Hand – wie der junge Amadou aus einer kleinen Stadt am Ufer des Senegal, der sich als einziger Besitzer eines Fernsehapparats in seiner Nachbarschaft eine gute Einnahmequelle verschafft hat. Oder der Schulinspektor Sass, mit dem die Autorin die Wüste Südmauretaniens durchqueren will und der erst einmal warten muß, bis ein paar pfiffige Automechaniker auf Kamelen angeritten kommen und seinen Toyota reparieren. Lieve Joris schildert die Hoffnung und die Poesie dieses Kontinents.

Die Tore von Damaskus

Eine arabische Reise. Aus dem Niederländischen von Barbara Heller. 301 Seiten. SP 3088

Wie ein Roman liest sich die Geschichte der jungen syrischen Soziologin Hala, die mit ihrer Tochter Asma allein in Damaskus lebt. Zwölf Jahre zuvor hatte die Geheimpolizei bei einer Razzia Halas Wohnung gestürmt und ihren Mann Ahmed verhaftet – er war Marxist. Halas Leben wird nun bestimmt von der konservativen Familie ihres Mannes, der wechselhaften Tagespolitik und ihrem eigenen Wunsch nach einem selbständigen, unabhängigen Leben. Lieve Joris begleitet sie auf ihren Fahrten kreuz und quer durchs Land, wo sich karge Wüstenlandschaften und üppige Oasen abwechseln, moderste Großstädte und kleine Dörfer. Hinter dieser farbenprächtigen Welt verbirgt sich jedoch Halas Lebenstragödie, denn längst hat sie aufgehört, ihren Mann zu lieben. Nun aber steht eine Amnestie bevor und damit auch die Rückkehr von Ahmed …